Jonas,
der mechanische Hai

Für François Tessier

Ich danke Valéria Vanguelov, Alice Nussbaum, Paul Mager und Olivier Nora.

Mein Dank geht auch an Pascale Vallier und Jean-Pierre Lott, Karine Julien, Anne-Marie und Benoît Tessier, Céline Berni, Michael Lewis, Sylvie und Alexis, Virginie Toquet, Sophie Meyer, Jean-Sébastien und Nathalie de Vals, Nicole Barré, Agnès Michaux, Anton Lenoir, Charlotte Paoli, Lionel Lindemann, Jean-Michel Lorenzi, Stéphane Aldebert, Julien Borrel, Laurent Souillé, Olivier Souillé und an meine Familie.

B. S.

Ich danke Valéria, Bertrand, Alice, Laurent und Olivier Souillé sowie meiner Familie.

P. M.

BERTRAND SANTINI
mit Bildern von PAUL MAGER

JONAS
der mechanische Hai

Aus dem Französischen von Edmund Jacoby

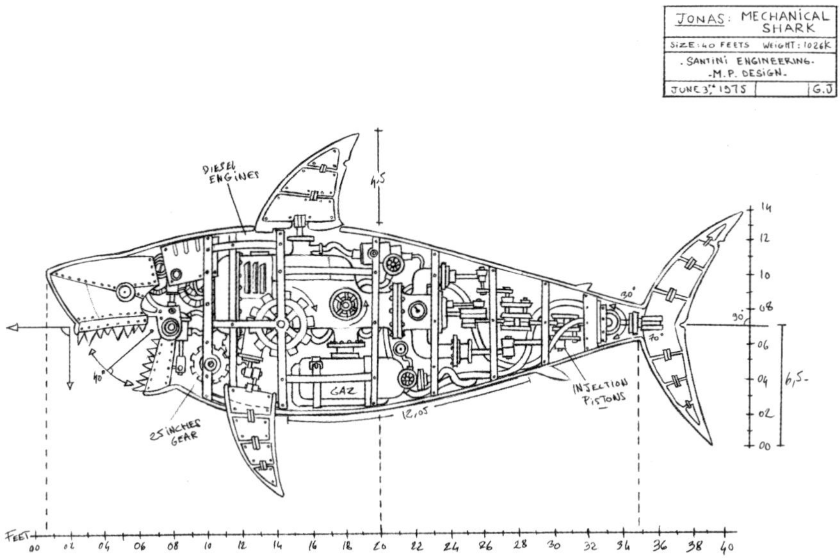

Verlagshaus Jacoby & Stuart

1. KAPITEL

Die Attacke

Dong … dong … dong …

Von oben auf der Steilküste ertönt der Klang einer Kirchenglocke.

Dong … dong … dong …

Es schlägt Mitternacht, und alles beginnt …

Sehen Sie, wie sich da unten am Strand eine junge Frau auszieht? Der Mond schaut ihr dabei mit großen Augen zu. Jetzt, im Hochsommer, ist die Nachtluft fast genauso heiß wie die des Tages. Die Strandnixe taucht ihre lackierten Zehennägel in den Schaum des Meeressaums und läuft mit großen Schritten in den offenen Ozean hinaus. Als die Wellen ihr bis an den Bauch reichen, wirft sie sich fröhlich lachend in das schwarze Wasser.

O weh!

Dong … dong … dong …

Die Schallwellen setzen sich fort bis in die Tiefen des Meeres. Sie künden die Stunde der Verbrechen an und die große Stunde der mythischen Monster, die in den Abgründen lauern.

Das Geflüster einer unsichtbaren Menschenmenge ist jetzt im Dunkel zu vernehmen.

Einige Stimmen werden laut:

„Geh aus dem Wasser! Schnell! Zum Strand zurück!"

Aber die junge Frau hört die Rufe nicht, sondern schwimmt immer weiter hinaus. Als sie vielleicht fünfzig Meter vom Strand entfernt und ihr Atem kaum mehr zu hören ist, dreht sie sich um und betrachtet die Küste. Aus dieser Entfernung leuchten die Lichter des Hafens kaum heller als die Sterne. Welche Stille … Das Nebelhorn eines verirrten Schiffs ist leise zu vernehmen, eine stumme Klage, die dem melancholischen Gesang der Wale gleicht. Die Wasseroberfläche ist so glatt, dass jeder einzelne Stern sich darin spiegelt. Noch genießt die Schöne diesen Augenblick. Vielleicht meint sie, im Herzen des Universums zu schweben.

Plötzlich stößt sie einen Schrei aus.

Etwas hat ihr Bein berührt.

Ein Schauder ergreift die Menge.

„Achtung! Er ist gleich da! Schwimm schnell zurück!"

Eine warme Strömung, glatt wie eine Milchwolke, umhüllt die Schwimmerin. Doch ihre Fröhlichkeit hat sich in Schwindel verwandelt. Ihre Stirn gefriert, ihre Wangen glühen. Sie spürt ein unangenehmes Kribbeln an einem ihrer Schenkel. Sie versucht wieder zu schwimmen, doch ihre Beine treiben sie nicht voran. Ihr Herz klopft bis zum Hals. Sie gerät außer Atem, stöhnt und paddelt mit den Armen wie ein ins Wasser geworfener Hund. Als sie den Arm ausstreckt, um ihren Fuß zu reiben, findet ihre Hand weder den Schenkel, noch das Knie, noch die Wade. Nichts! Ihre Finger ertasten eine feste eiskalte Masse, die langsam unter ihr entlang gleitet.

Und dann – entsetzlich – taucht der Rachen eines Riesenhais aus einer Schaumkaskade auf!

Die unsichtbare Menge schreit, pfeift und applaudiert vor Angst und Ergriffenheit.

Die Bestie ist gewaltig! Mindestens sieben Meter lang. So groß wie ein Londoner Doppeldeckerbus. Seine Rückenflosse durchschneidet die Wasseroberfläche mit der Präzision eines Rasiermessers. Wenn der Hai sein Maul aus dem Wasser hebt, sieht es beinahe so aus, als lächle er. Die scharlachrote Farbe seines Schlunds lässt seinen Appetit auf Blut erahnen. Der Hai erinnert jetzt an ein Hündchen, das seinem Herrchen das Stöckchen zurückbringt. Aber es ist kein Stöckchen, sondern ein menschliches Bein, das er zwischen seinen Kiefern hält.

Die Schwimmerin versucht zu schreien, doch vor lauter Angst und Schrecken bringt sie keinen Laut heraus. Plötzlich wendet der Hai sein Maul wieder seiner Beute zu. Das

Bein war nur der Vorgeschmack, jetzt besinnt er sich auf sein Ziel und geht daran, seine Mahlzeit zu vollenden. Mit einem Schlag seiner Schwanzflosse schießt das Monster los. Drei Tonnen Muskelmasse gehen zum Angriff über. Der gnadenlose Rachen öffnet sich weit, dieser mit drei Reihen spitzer Dreieckszähne bewährte Höllenschlund.

Die Menge kreischt!

Doch da macht es KRACK!

Wie bei einem Filmriss. Der Kiefer des Hais ist blockiert, unmittelbar vor dem Blutbad.

Man hört einen Motor, der ins Stottern geraten ist.

Dann einen Knall:

BUMM!

Das havarierte Monster dreht sich ganz langsam auf den Rücken.

Es ist eine Katastrophe!

Vier seiner Zähne fallen ins Wasser, und aus seinen Nasenlöchern dringt schwarzer Rauch.

Wie durch ein Wunder findet die Schwimmerin ihre Stimme wieder:

„IDIOT VON EINEM ROBOTER!"

Wieder einmal ist die Show *Zähne des Todes* zu einem Fiasko geworden, und Jonas, der mechanische Hai, ist in einem Chaos von Luftblasen und Rauch untergegangen.

Das Publikum zischt und buht:

„Versager! Lächerlich! Wir wollen unser Geld zurück!!!"

Voller Wut und Enttäuschung ergreift die Schwimmerin das Plastikbein, das zwischen ihr und dem Hai dümpelt, und lässt es mit aller Kraft auf den Kopf des armen Roboters hinuntersausen.

BIE
DE
EXIT

2. KAPITEL

Die Panne

Im Kontrollraum wollte Richard, der Sicherheitschef von MonsterLand, gerade einen doppelten Cheeseburger verzehren, als er auf einem der Kontrollbildschirme entdeckte, wie der Hai auf dem Rücken liegend vor sich hindümpelte.

„Schon wieder eine Panne“, seufzte er.

Genervt drückte er mit seinem Fettfinger auf einen Schalter, und über einem mittelgroßen von halbleeren Stuhlreihen umgebenen Bassin leuchteten Scheinwerfer auf. Der Ingenieur räusperte sich, bevor er mit seiner sanftesten Stimme in ein Mikrophon säuselte:

„Meine sehr verehrten Damen und Herren, wegen eines technischen Problems mit unserem mechanischen Hai bitten wir Sie, sich den anderen Attraktionen von MonsterLand zuzuwenden.“

Unter lautem Spott zerstreuten sich die zwanzig Zuschauer nach und nach. Susan, die Schwimmerin-Darstellerin begegnete den Blicken eines Publikums, das darüber verärgert war, dass es nicht zusehen konnte, wie sie massakriert wurde.

„Tut mir echt leid“, murmelte das Starlet und fand keine passendere Geste, ihren Ärger zum Ausdruck zu bringen, als das Bändchen hinten an ihrem Stringtanga zurechtzurücken, bevor sie in den Kulissen verschwand.

Richard griff zu seinem Handy und wählte die Nummer des Direktors.

„Mister Brownstein?“

„Ja?“

„Der Hai ist kaputt.“

„Schon wieder?“, ereiferte sich die Stimme.

„Er ist genau in dem Moment ausgefallen, als er Susan verschlingen sollte.“

Jetzt stürmte die Schauspielerin wie eine Furie in den Kontrollraum und warf das Plastikbein in Richtung von Richards Kopf.

„Ich habe die Nase voll davon, mit Amateuren zu arbeiten!“, schrie sie.

Mit einem Sprung konnte sich der Sicherheitschef gerade noch vor dem künstlichen Körperglied retten.

„Was geht denn da vor?“, dröhnte die Stimme des Direktors aus dem Handy.

„Das ist Susan. Sie hat mir gerade ihr Bein an den Kopf geworfen.“

„Jedesmal“, schrie die und riss ihm das Handy aus der Hand, „jedesmal, wenn ich mich gerade fressen lassen will, geht dieser Schrotthaufen kaputt, und ich stehe wie eine Idiotin da!“

„Das tut mir wirklich leid, meine liebe Susan“, antwortete der Direktor. „Gut, ich engagiere Sie für eine andere Attraktion von MonsterLand. Was hätten Sie lieber: sich von Krokzilzilla zu Tode trampeln oder von Dracula aussaugen zu lassen? Ich lasse Ihnen die Wahl der Rolle!“

„Und mit welcher hätte ich die meisten Chancen, einen Oscar zu gewinnen?“, antwortete das Starlet nicht ohne Ironie.

„Hören Sie, Richard“, dröhnte der Direktor wieder,“ wir müssen über diesen Hai sprechen. Kommen Sie doch bitte zu mir. Ich bin gerade bei Krokzilla.“

„Okay, Direktor, ich komme.“

Der Chef des Sicherheitsdiensts hob das Plastikbein auf, um es Susan mit einem etwas betretenen Lächeln zurück zu reichen. Dann sah er zu, dass er ans andere Ende des Parks kam, wo der Direktor auf ihn wartete.

~ ~ ~

Der Abend senkte sich über MonsterLand. Nebel umhüllte die Laternen der Alleen, die die letzten Besucher zum Ausgang lenkten, mit geheimnisvollen Lichtkreisen. Der Wind zerstreute den lauwarmen Duft von Zuckerwatte und gegrillten Marshmallows. Eins nach dem anderen erloschen die Lichter im Park, und die Zuschauertribünen verwandelten sich in riesige Skelette, die in der Nacht wie erstarrt wirkten.

Wie sein·Name andeutete, versammelte MonsterLand die berühmtesten Monster der Filmgeschichte. In diesem Universum aus Pappmaché, Robotern und Automaten feierten die schrecklichsten Wesen ihre Auferstehung, die Menschengeist je ersonnen hat: Vampire, Zombies, Drachen, Marsmenschen

THE
DRAGON
DEAD
INVASION OF
RIP
RIP
RIP

und Gespenster bildeten ein fantastisches Bestiarium, und die Touristen kamen, um sie zu betrachten, über sie zu lachen oder sich zu gruseln.

Richard eilte den Hauptweg entlang, der von düster-prächtigen Gebäuden gesäumt war, in denen sich die Gruft Draculas, der Bau des Werwolfs und das Laboratorium des Doktor Frankenstein befanden.

Anschließend überquerte er einen verwünschten Friedhof, wo Zombie-Roboter vor den Besuchern aufsprangen und Gospels anstimmten. Schließlich erreichte Richard das Gehege von Krokzilla, dem legendären japanischen Monstersaurier. Der gigantische Roboter erhob sich über einem Plastikdschungel. Der Sicherheitschef schlüpfte durch eine geheime Seitentür an der Wade ins Innere des Giganten.

„Kommen Sie herauf", ertönte die Stimme des Direktors, „ich bin im Kopf!"

Richard erklomm die Wendeltreppe, die sich durch die mechanischen Eingeweide des Dinosauriers wand. Oben angekommen, musste er sich bücken, bevor er in den Kopf gelangte. Der Direktor war in Gesellschaft von Stanley, einem Ingenieur im Ruhestand, der regelmäßig in den Park kam, um nachzusehen, ob sich seine Lieblingsroboter noch immer bester Gesundheit erfreuten.

„Das ist das sechste Mal seit Saisonbeginn, dass dieser verdammte Hai ausgefallen ist!", bemerkte Brownstein und erdolchte seinen Angestellten mit seinen Blicken.

„Ich weiß“, antwortete Richard und winkte dabei dem alten Stanley zu, der gerade damit beschäftigt war, die enormen Augäpfel des Dinosauriers zu ölen.

„Jedenfalls ist dieser Hai eine Lachnummer, selbst wenn er funktioniert. So geht es einfach nicht weiter.“

„Vielleicht sollten wir ihn bedrohlicher machen“, schlug Richard vor. „Wir könnten doch seine Augen rot malen oder ihm größere Zähne geben?“

„Wozu soll das denn gut sein? Jedenfalls beeindruckt ein Plastikhai, der in einem Becken herumschwimmt, inzwischen nicht einmal mehr die Kinder! Heutzutage erwarten unsere Besucher richtige Monster. Hampelmänner sind out. Also, beschlossene Sache: Wir schaffen die Attraktion ab und schicken diesen Schrotthaufen dahin, wo er hingehört – auf den Schrottplatz!“

Jetzt drehte Stanley sich zu ihnen um.

„Sie … Sie wollen Jonas in den Müll werfen?“

Brownstein warf ihm einen erstaunten Blick zu.

„Wen bitte will ich wegwerfen?“

„Jonas! Er heißt Jonas!“, rief der Ruheständler.

„Jonas?“, kicherte Richard. „Der Riesenhai hat so einen harmlosen Namen? Ist ja süß!“

„Er ist kein Hai“, ereiferte sich Stanley, „er ist ein Mythos!“

„Natürlich, natürlich“, sagte der Direktor und setzte dabei ein Lächeln von der Sorte auf, wie man es sehr einfältigen Menschen zeigt.

„Dieses Monster hat Kinogeschichte geschrieben!“

„Aber natürlich."

„Wie war noch mal der Titel seines Films?", fragte Richard.

„*Die Zähne des Todes!* Ein Meisterwerk! Jetzt sagen Sie bloß, Sie haben den Film nie gesehen!"

„Ähm … doch, doch", stammelte Richard. „Jedenfalls Auszüge daraus, auf YouTube …"

„Das nennen Sie einen Film gucken? Das wundert mich gar nicht! Wenn Sie imstande sind, Jonas einfach wegzuwerfen wie eine alte Waschmaschine, heißt das, dass Sie nichts, aber auch gar nichts vom Kino verstehen!"

„Aber was ist denn so besonders an diesem Roboter?", fragte Richard genervt.

Stanley gab einen langen Seufzer von sich.

„Ich werde Ihnen seine Geschichte erzählen …!"

3. KAPITEL

Die Zähne des Todes

Sein Abenteuer begann in den 1970er Jahren, als Jon Astruc, der berühmte Filmproduzent und Regisseur, einen mechanischen Hai von sieben Metern Länge in Auftrag gab, der der Held des Horrorfilms *Die Zähne des Todes* werden sollte. Die Ingenieure ließen sich beim Entwurf dieses Monsters von dem schrecklichsten aller Meeresraubtiere inspirieren, dem *Carcharodon carcharias*, besser bekannt unter dem Namen *Weißer Hai.*

Der Roboter wurde in einer Halle in San Francisco zusammengebaut. Unter seiner Hülle aus einem von Polyurethan gestützten Aluminiumskelett verbarg sich eine ausgeklügelte Maschinerie, die ihm erlaubte zu schwimmen, Grimassen zu schneiden, die Augen zu rollen und mit einem einzigen Happen nichtsahnende Badende zu verzehren.

Ein paar Monate später begannen in einem kleinen Fischerdorf an der Ostküste der USA die Dreharbeiten. Dem Produzenten und Regisseur Jon Astruc zu Ehren tauften die Techniker den Roboter auf den Namen Jonas.

Als Jonas zum ersten Mal zu Wasser gelassen wurde, ging er allerdings unter wie ein Stein. Von den Wellen umtost und von der Brandung und vom Salzwasser angegriffen, fielen seine Motoren dauernd aus. Obendrein hatten seine Kiefer eine ärgerliche Neigung dazu, im Augenblick des Zubeißens auszurasten, was bei dem Monster ein dämliches Grinsen zur Folge hatte, das mehr Anlass zum Lachen gab als zum Gruseln.

„Wie sollte dieser kaputte Riesenfisch die Zuschauer denn in Angst und Schrecken versetzen?", wütete Jon Astruc, der damals überzeugt war, den größten Filmflop des Jahrhunderts zu produzieren.

Ein Jahr später fand die Premiere von *Die Zähne des Todes* im größten Kino von Los Angeles statt. Aufgrund der vielen Schwierigkeiten beim Dreh eilte dem Film ein äußerst schlechter Ruf voraus. Die 2700 Plätze waren im Handumdrehen von der Hollywood-Schickeria eingenommen, die ungeduldig und neugierig auf die Vorführung dieses Films wartete. Es wurde allgemein erwartet, dass der Film den Ruin für seinen Produzenten bedeuten würde.

Als um Punkt 21 Uhr die Lichter im Saal ausgingen, feixte das Publikum, und Jon Astruc zitterte.

Zehn Minuten später hatte die Angst die Seiten gewechselt.

Schon Jonas' erstes Erscheinen hatte ein ganzes Konzert von Angstschreien zur Folge. Siebzehn Mal musste ein Trupp von Sicherheitsleuten eingreifen, um ohnmächtig gewordene Zuschauer oder solche, die Panikattacken erlitten hatten, hinauszubringen. Dabei sind die Fälle nicht mitgezählt, in denen Leute einen Schwall von Popcorn und Coca-Cola über ihre Nachbarn erbrachen.

In dem Maße, wie die Zuschauer reihenweise umkippten, wurde Jon Astrucs Grinsen breiter. Und als in der einundachtzigsten Minute ein Zuschauer eine tödliche Herzattacke erlitt, konnte er nicht mehr anders, als laut „Hurra“ zu schreien.

Jetzt war er sicher: *Die Zähne des Todes* würden ein Erfolg sein. Ein Erfolg? Nein, ein Triumph! Eine Welle des Schreckens ergoss sich über die Filmtheater der ganzen Welt. Zwölf Tage nachdem der Film in die Kinos gekommen war, hatte er bereits hundert Millionen Dollar eingespielt und damit einen historischen Rekord aufgestellt. Die Menschen, von denen manche den Film schon zehnmal gesehen hatten, standen vor den Kinos Schlange, und diese blieben oft die ganze Nacht über geöffnet, um den Zuschauerandrang zu bewältigen.

Astruc wurde zum Multimillionär und Jonas zur Legende. Während des ganzen Sommers 1975 prangte sein schreckliches Maul weltweit auf den Titelseiten der Magazine, und alles, was sein Bild trug – Mützen, T-Shirts, Schlüsselanhänger, Feuerzeuge, Puzzles, Spielzeuge, Keksdosen, Zahnpastatuben und Zahnbürsten, Wasserpistolen, Sticker, Schwimmreifen, Trinkbecher, Rasierer, Schlipse, Handtücher und Badeanzüge – ging weg wie warme Semmeln.

Der Hype, den der Film erzeugt hatte, brachte auch unerwartete Folgen mit sich. Mitten in der Feriensaison blieben die Seebäder gähnend leer; noch nie hatten so viele Urlauber wie in diesem Sommer die Berge der See vorgezogen.

Ein solcher Erfolg verlangte nach einer Fortsetzung.

Zwei Jahre später ging Jonas wieder in die Studios, wo er in *Die Rückkehr der Zähne des Todes* spielte. Es folgten *Die Rache der Zähne des Todes* (1981) und *Der Fluch der Zähne des Todes* (1984).

Doch mit der Zeit ließen Jonas' Angriffe die Menschen kalt. Und als im Jahr 1993 *Die Rückkehr der Rache des Fluchs der Zähne des Todes* in die Kinos kam, war das ein gigantischer Flop.

In den letzten zwanzig Jahren hatte sich die Filmindustrie erheblich gewandelt. Die Computertechnik erlaubte es inzwischen, digitale Wesen zu erschaffen, die schrecklicher und realistischer waren als jeder Roboter, und eine neue Monstergeneration bemächtigte sich der Fantasie der sensationslüsternen Massen.

So landete Jonas schließlich in einer dunklen Garage, während immer weniger Menschen sich noch an ihn erinnerten – bis der Direktor von MonsterLand ihn kaufte, um aus ihm ein Jahrmarktsmonster zu machen, das sechs Mal am Tag – und am Wochenende acht Mal – arbeitslose Starlets fraß.

Sehen Sie, das ist die Geschichte dieses verdammten Monsters, das einmal die Herzen schneller schlagen und Menschenmengen aufheulen ließ. Und es gehört schon eine ziemliche Portion Lieblosigkeit und Undankbarkeit dazu, ihn jetzt wie ein gewöhnliches Gespenst zu entsorgen!"

Mit Tränen in den Augen verstummte Stanley. Seine Gefühlsaufwallung wurde von seinen Zuhörern überhaupt nicht als lästig empfunden; vielmehr verstärkte sie das Mitleid, das der Direktor für diesen verrückten Alten hegte, den man zuweilen dabei ertappte, wie er den Monstern etwas ins Ohr flüsterte, als seien sie lebendig.

„Als seien sie lebendig!“, dachte Brownstein und fand das einen komischen Gedanken.

In Wahrheit hatte der Direktor des Vergnügungsparks nicht die geringste Ahnung von dem Universum, das er zu kontrollieren meinte. Für seinen praktischen Verstand lag der Gedanke meilenweit fern, dass ein Roboter so etwas wie eine Seele haben könnte. Er hätte nicht schlecht gestaunt, wenn er gewusst hätte, das die mechanischen Geschöpfe von MonsterLand des Nachts zu geheimen Leben erwachten.

4. KAPITEL

MonsterLand

Mitternacht!

Unten in seinem Becken schlug Jonas die Augen auf. Der Mond schien, und er sah, wie ein vertrauter Schatten sich über ihn beugte. Eine Riesenhand tauchte ins Wasser und holte ihn vorsichtig heraus.

„Guten Abend, mein Freund“, flüsterte Krokzilla.

Während er in die Arme des Dinosauriers glitt, bemerkte Jonas, dass alle Roboter des Parks sich um sein Becken versammelt hatten. Mit ernster Miene und schweigend schauten die Monster ihn an.

„Was wollt ihr denn hier?“, verlieh er seiner Verwunderung Ausdruck. „Was ist denn los? Was macht ihr für Gesichter?“

Keiner seiner Gefährten wollte ihm antworten. So aufbrausend sie sonst auch sein mochten – an diesem Abend schnürte der Kummer diesen Geschöpfen die Kehle zu. Natürlich hatte Krokzilla jedes Wort mitgehört, das der hohlköpfige Direktor gesagt hatte. Ganz außer sich hatte er den anderen Monstern davon erzählt, und die entsetzliche Nachricht hatte einen Aufschrei der Empörung ausgelöst. Um ihren Freund vor der Verschrottung zu bewahren, hatten die Roboter beschlossen, seine Flucht zu organisieren. Obgleich ihnen die Aussicht darauf schier das Herz brach, wollten sie ihn dem Ozean überlassen.

Niemand besaß jedoch die Courage, ihm diese furchtbare Wahrheit zu eröffnen. Die Mumien, Gespenster und Marsmenschen begnügten sich damit, schweigend ihre behaarten, krallenbewehrten oder glitschigen Hände auszustrecken, um den Hai ein letztes Mal zu streicheln. Abgenervt von dieser seltsamen Zeremonie, wandte Jonas sich an Krokzilla.

„Was haben die denn alle?"

Der Dinosaurier bemühte sich, mit allen seinen Plastikzähnen zu lächeln.

„Heute Nacht nehme ich dich mit auf einen Spaziergang unter den Sternen. Hast du Lust?"

„Prima Idee", rief Jonas aus. „Ein bisschen Luft zu schnappen wird uns richtig gut tun."

Der Hai beugte sich zu den anderen Monstern herab.

„Ihr braucht nicht solche Leichenbittermienen aufzusetzen, ihr Gespensterbande! Ganz bestimmt sind wir vor Sonnenaufgang zurück!"

Unter dem Quietschen von Metall richtete sich Krokzilla zu seiner vollen Größe von zehn Metern auf.

„Ach, meine armen Knie", seufzte der bald hundertjährige Roboter und stampfte mit dem Hai im Arm davon.

Als er sich noch einmal umdrehte, um seinen Freunden ein liebevolles Lächeln zu schenken, ahnte Jonas nicht, dass er sie nie wiedersehen würde.

Von Schmerz überwältigt, trocknete Dracula seine blutigen Tränen, und ein Marsmensch war so bewegt, dass er sich grün fluoreszierenden Schleim, der aus seinen drei Nasenlöchern quoll, aus dem Gesicht wischen musste.

Nachdem er den Zaun, der den Park umgab, überstiegen hatte, kletterte Krokzilla auf den Gipfel eines Hügels, von dem aus er die Bucht von Los Angeles überblicken konnte. Wie schön die Welt doch von oben aussah! Die Straßen der Stadt bildeten ein Geflecht aus leuchtenden Girlanden, und der Großstadtlärm wurde auf seinem Weg zu den Sternen zu einem sanften Atmen.

Hinter gezackten Hügelkämmen lag der Ozean im Mondschein da wie ein silbernes Tischtuch.

Der Ozean …

„Das Land meiner Träume", seufzte Jonas. „Ach, wie gerne würde ich in diese Unendlichkeit eintauchen und wie ein richtiger Weißer Hai leben!"

„Ja, … es ist bestimmt großartig, lebendig zu sein", murmelte Krokzilla.

„Kälte, Hitze, Hunger zu spüren!", fuhr Jonas träumerisch fort.

„Das Brennen einer Flamme zu ertragen, vom Wind liebkost zu werden!"

„Düfte zu erschnüffeln!"

„Sogar Gestank, was würde ich nicht dafür geben, riechen zu können!"

„Wenn wir lebendig wären, könnten wir essen, trinken, wachsen! Krank und wieder gesund werden!"

„Wir hätten Vorfahren! Eine Familie! Eine Mama!“, fügte Krokzilla melancholisch hinzu.

„Alles, was glücklich macht, werden wir nie kennenlernen“, seufzte Jonas.

„Aber wenn wir lebendig wären, müssten wir eines Tages ... sterben!“, sagte der Dinosaurier. Es klang fasziniert.

„Sterben, das muss irgendwie komisch sein!“

„Ja, aber was für ein Glück es ist, sterben zu können! Denn sterben können nur die, die leben.“

Jonas hob seinen Kopf und schaute zu seinem Freund auf.

„Aber mit den Monstern im Park zusammen sind wir doch eine richtige Familie, nicht wahr?“

Krokzilla blieb stumm, sein Blick verlor sich am Horizont.

„Und nichts kann uns jemals trennen, stimmt's?“, beharrte Jonas.

Nach kurzem Zögern sagte der Dinosaurier:

„Du wirst die Monster nie wiedersehen, Jonas.“

„Was erzählst du da?“, fuhr Jonas auf.

„Du kannst nie mehr nach MonsterLand zurückkehren. Das wäre zu gefährlich.“

„Aber wieso denn?“

„Die Menschen wollen deine Show schließen“.

„Du machst Witze, das können die doch nicht machen! Ich bin ein Star! Eine Legende!“

„Die Wahrheit ist“, seufzte der Dinosaurier, „wir sind nur noch Wracks.“

„Du sprichst von dir“, ließ sich Jonas hinreißen zu sagen. „Ich bringe die Touristen immer noch zu Tausenden zum Aufschreien.“

„Ja, sie schreien – aber vor Lachen! Mein Gott, schau dich doch an! Du bist vom Rost zerfressen! Hast überall Risse! Deine Kolben quietschen, und deine Gelenke knacken. Wenn du dein Maul öffnest, verlierst du die Hälfte deiner Zähne, und wenn du schwimmst, knatterst du wie ein Traktor!“

„Nein, ich knattere nicht!“, empörte sich Jonas.

„Doch, du knatterst!“

„NEIN, ICH KNATTERE NICHT!“

„Nimm's nicht so tragisch, es ist doch keine Schande zu knattern! Das passiert sogar den Besten unter uns. Ich selbst bin auch nicht mehr der Frischeste. Ich spüre, dass ich jeden Augenblick auseinanderfallen kann. Wirklich, in unserem Alter können wir nicht mehr lange den Kasper machen!“

„Wir sind Monster“, entgegnete Jonas trocken, „und Monster sind ewig!“

„Halt mal deinen Film an, bitte! Hast du nicht schon längst die Nase voll davon, das Bedürfnis der Menschen nach Horror, Blut und Tod zu befriedigen? Die Wahrheit ist, dass unsere Seele verschlissen ist. Die Menschen können zwar unsere Motoren austauschen oder unsere Außenhaut neu anstreichen, aber eine Seele kann nicht einfach mit ein paar Pinselstrichen oder durch das Anziehen von ein paar Schrauben repariert werden.“

„Bring mich zum Park zurück!“, sagte der Hai und versuchte so, das unangenehme Gespräch zu beenden.

„Jonas, wenn du zurückkehrst, bringen die Menschen dich auf den Schrottplatz.“

„Auf den Schrottplatz?“, fragte der Roboter mit zitternder Stimme.

„Deine einzige Chance ist der Ozean.“

„Aber ich habe Angst vor dem Ozean! Er ist gefährlich! Er ist schwarz! Er ist tief!“

„Ach, hör doch auf! Vorhin hast du noch behauptet, er sei das Land deiner Träume!“

„Im Traum, ja, aber nicht in Wirklichkeit! Die Wellen werden meine Hülle zerstören! Das Salz wird meine Motoren zerfressen!“

„Dein größter Wunsch war immer, einmal frei zu sein und das Leben eines echten Weißen Hais zu leben. Ist jetzt nicht der richtige Zeitpunkt, das Abenteuer zu wagen?“

„Bitte! Verlass mich nicht! Die anderen Monster und du, ihr seid meine einzige Familie!“

„Wir trennen uns von dir, um dich zu retten“, erwiderte Krokzilla mit gebrochener Stimme.

Der mechanische Hai erinnerte sich jetzt an die traurigen Mienen seiner Freunde. Er musste auch an ihr Schweigen, an ihre zitternden Liebkosungen und ihre zurückgehaltenen Seufzer denken. Und er verstand, dass die zärtlichen Gesten Abschiedsgesten gewesen waren.

5. KAPITEL

Zum Ozean!

„Das ist doch Wahnsinn!“, schrie Jonas. „Der Ozean ist viel zu weit weg. Da schaffen wir es niemals hin!“

„Sieh nur, gerade unter uns ist ein Strand. Das sind höchstens zehn Minuten, wenn wir den direkten Weg über den Hang nehmen.“

„Da geht es doch fast senkrecht runter! Du spinnst doch! Du wirst in tausend Einzelteile auseinanderbrechen!“

Der Dinosaurier brach in ein etwas gezwungenes lautes Gelächter aus.

„HA! HA! HA! Ich bin berühmt geworden, weil ich mit nackten Händen die höchsten Wolkenkratzer von Tokio hinaufgeklettert bin. Du glaubst doch nicht etwa, dass es mir Angst macht, einen Haufen Geröll hinunterzusteigen!“

Um zu demonstrieren, wie kräftig er war, schlug sich Krokzilla mit seiner großen männlichen Faust dreimal auf die Brust. Allerdings brach von der Erschütterung ein Rädchen ab, und man konnte hören, wie es klingelnd in seinem Körperinneren herabfiel.

„Hum, humm“, hüstelte er, um das Geräusch zu übertönen. „Also los, auf zum Strand!“

Mit einem unsicheren Schritt begann er den gefährlichen Abstieg.

„Vamos a la plaaayaaa, oh, oh, oh, oh, ooh“, sang er, um die Stimmung zu entspannen. Bei jedem Schritt quietschten seine Gelenke, und der Hügel zitterte. Jonas, den sein Entführer unter dem Arm trug, schrie und protestierte weiter:

„Wenn die Polizeihubschrauber uns entdecken, werden sie mit Maschinengewehren auf uns schießen!“

„Sollen sie doch kommen, wenn sie den Mut dazu haben“, brüllte Krokzilla. „In meinen Filmen habe ich sie mit dem Handrücken zerschmettert. Und du kannst mir glauben, Hubschrauberzerschmettern ist wie Radfahren. Man verlernt es nie!“

Wie durch ein Wunder gelang es dem knirschenden Dinosaurier, den Hang hinunterzuklettern ohne zu stürzen. Auf Zehenspitzen folgte er dann einer Straße, die sich durch ein Wohnviertel wand.

„Unser kleines Abenteuer entpuppt sich als Triumphzug“, trompetete Krokzilla, während er an schlafenden Einfamilienhäusern entlanglief. Wir brauchen nur noch eine Schlucht zu durchqueren, und der Strand ist unser!!!“

Plötzlich machte der Dinosaurier eine Vollbremsung.

„Was ist los?“, flüsterte Jonas.

„Da ist eine Katze!“

Jonas senkte seinen Kopf und erblickte ein Kätzchen, das mitten auf der Straße saß.

Das winzige Tier betrachtete die beiden Giganten mit seinen runden Augen.

„Was ist?“, fragte Jonas.

„Ich habe Angst vor Katzen“, stammelte der Dinosaurier verschämt.

„Was soll das heißen: Angst vor Katzen?“

„Ja, ich weiß … das ist bescheuert.“

„Soll das heißen, dass du einen Hubschrauber zerschmettern, aber nicht über das Schmusekätzchen hinwegschreiten kannst?“, rief Jonas ebenso belustigt wie verblüfft.

„Mach dich nicht lustig“, knurrte der Dinosaurier. „Phobien kann man nicht erklären. Man muss sie respektieren. Punktum!“

Das Kätzchen gab ein winziges „Miau“ von sich und Krokzilla einen gewaltigen Aufschrei.

„Sei still“, befahl Jonas, „du weckst noch alle Leute!“

„Ich habe Angst vor Katzen! Ich habe Angst vor Katzen!“, wiederholte Krokzilla, der noch immer unter Schock stand.

„Los, stampf mit dem Fuß auf, damit es abhaut!“

„Gute Idee“, stammelte der Gigant, der versuchte, seine Angst zu bezwingen.

Dreimal stampfte er so heftig auf, dass die Erde zitterte. Das Erdbeben hatte zur Folge, dass etwa dreißig Katzen von den Bäumen in der Nähe fielen. Wütend, von ihren Ästen geholt worden zu sein, umzingelten die Katzen unter unheilverheißendem Miauen den Dinosaurier.

„Ich glaube, ich muss gleich einen Bolzen auskotzen“, jammerte Krokzilla unter Zähneklappern.

„Kehren wir zum Park zurück!“, stöhnte Jonas verzweifelt.

„Nein, ich werde dich retten, koste es, was es wolle!“

Die Kiefer des Dinosauriers stießen jetzt so heftig gegeneinander, dass sein Gebiss zerbrach und die Hälfte seiner Zähne auf die Erde fielen.

„Hu! Hu! Haub ab, böwe Kapfen!“, heulte Krokzilla, dem mit den Zähnen auch einige Konsonanten abhanden gekommen waren.

Durch die Erschütterung des Mit-dem-Fuß-Aufstampfens brach eine Befestigung in seiner Schulter, und sein rechter Arm stürzte auf ein Auto. Im Nu gingen in den Häusern der Umgebung die Lichter an.

„Sie werden uns finden!“, schrie Jonas in Panik.

Obwohl er nur noch eine hatte, nahm Krokzilla sein Schicksal und das von Jonas in beide Hände, nahm auch allen Mut zusammen und sprang mit dem Schrei eines Karatekämpfers über die Katzen. Die Anwohner öffneten die Fenster, und in der ganzen Gegend ertönten Schreckensschreie.

„Oh, vielen Bank, meine Bamen und Herren“, jubelte Krokzilla angesichts der verängstigten Zuschauer.

Die Schreie, die ihn an seine ruhmreiche Vergangenheit erinnerten, ließen den alten Schauspieler wieder zu voller Form auflaufen, und er begann, Autos zu zertrampeln, Dächer einzudrücken und Bäume auszureißen, um sein geliebtes Publikum nach allen Regeln der Kunst zu terrorisieren.

Schließlich nahm er Jonas in die Hand und ließ ihn zum Spaß im Tiefflug über die Menschen hinwegschweben, die aus ihren Häusern geflohen waren.

„Achbung, Achbung! Abbacke bes fliegembem Hais!“, grölte er freudig.

Doch wegen des Imponiergehabes, das seinem Alter nicht mehr angemessen war, zerriss Krokzilla sein Schuppenkleid. Das Gewand rutschte auf seine Knöchel und entblößte ein rostbefallenes Stahlskelett.

HOLLYWOOD

Der Dinosaurier löste sich jetzt gänzlich in seine Einzelteile auf, und diese stürzten in die Schlucht, die hier fast senkrecht zum Strand abfiel.

~ ~ ~

Als Jonas aufwachte, war es feucht, und er hörte ein dumpfes Brausen. Als er wieder ganz zu sich gekommen war, stellte er fest, dass er gestrandet war. Gerade vor ihm erstreckte sich der mit einem Teppich aus prickelndem Schaum bedeckte Ozean.

Überall um Jonas herum lagen die Trümmer von Krokzilla am Boden. Der auseinandergefallene Dinosaurier war nur noch ein Haufen von Zahnrädern, Pneumatikkolben und Federn. Sein abgetrennter Kopf lag reglos im Sand.

So sehr Jonas auch zappelte, er vermochte den Weg bis zu den Wogen des Meeres nicht aus eigener Kraft zurückzulegen.

Ein dumpfes Knattern kündete nun die Ankunft eines Polizeihubschraubers an. Der Flugapparat blieb über dem Strand stehen und richtete seinen Scheinwerfer auf die Flüchtigen, oder vielmehr auf das, was von ihnen noch übrig war. Eine der abgetrennten Krallenhände Krokzillas bewegte sich wie in einem Krampf und entfaltete langsam ihre Finger, um sich dann auf den Krallenspitzen wie eine Spinne auf Jonas zuzubewegen.

Der Scheinwerfer des Hubschraubers suchte hektisch den Strand ab. Dass das Lichtbündel immer wieder zurückkehrte, verriet das Staunen der Polizisten über die Szene, die sich ihnen darbot.

Mit letzter Kraft schob die Dinosaurierhand den Hai ins Wasser. Eine erste Welle netzte die Schnauze des Roboters.

Eine zweite umhüllte ihn. Die dritte nahm ihn mit. Ein einziger Schlag seiner Schwanzflosse brachte Jonas durch den brodelnden Schaum hindurch ins offene Meer.

Unter dem blendenden Licht des Scheinwerfers öffnete Krokzillas Kopf ein letztes Mal die Augen. Sein Blick suchte den Horizont ab, und kaum merkbar zog ein Lächeln seine Lippen auseinander, als er sah, wie sich die Schwanzflosse seines Freundes entfernte.

6. KAPITEL

Loopy

Ein weggeworfenes Fischernetz trieb schon seit Wochen im Meer. In den Maschen dieser riesigen Falle, die mehr als eine Seemeile lang war, hatten sich zahlreiche verendende Fische, Delfine und Meeresschildkröten verheddert. Einige Möwenkadaver mit gebrochenen Flügeln, den Schnabel zur Wasseroberfläche ausgestreckt, vervollständigten dieses Bild des Grauens. Mitten in diesem vertikalen Friedhof versuchte ein Pinguin verzweifelt zappelnd, sich aus der Falle zu befreien. Er kämpfte schon seit zehn Minuten ums Überleben, und er musste dringend Sauerstoff atmen.

„Ruhig bleiben … ruhig bleiben …“, wiederholte er für sich wie ein Mantra. Er wusste, dass sich die Maschen beim geringsten Anflug von Panik enger um ihn schließen würden. Durch geschickte Bewegungen wand er sich endlich aus dem Netz. Freiheit! Mit einer kräftigen Körperbewegung schnellte er wie ein Pfeil vorwärts – ohne den großen Weißen Hai zu sehen, der vor ihm im Wasser stand.

Heftig stieß er mit dem Kopf gegen die Gummischnauze. In einem Angstreflex machte der Pinguin eine Rolle rückwärts und verhedderte sich erneut in dem Netz. Jonas sah ihm interessiert zu.

„Geht's?"

Der Vogel warf ihm einen finsteren Blick zu.

„Einmal abgesehen davon, dass ich kurz davor bin, gleichzeitig zu ersticken und von einem Hai verschlungen zu werden, läuft alles prima, danke!"

„Ein Hai???", rief Jonas aus. „Wo denn? Wo denn?"

Begeistert von dem Gedanken, zum ersten Mal seinem Ebenbild aus Fleisch und Blut zu begegnen, suchte Jonas fieberhaft den unterseeischen Horizont ab.

Der Pinguin dachte natürlich, das Monster mache sich über ihn lustig.

„Sehr komisch! Du hast wohl heute Mittag einen Clownfisch verzehrt?"

Schlagartig wurde Jonas alles klar.

„Was ich doch für ein Trottel bin", sinnierte er. „Der Hai, das bin ich natürlich selbst!" Diese kurze Verwirrtheit hätte peinlich für ihn werden können! Wenn er im Ozean seinen Platz finden wollte, musste er um jeden Preis als ein Lebewesen durchgehen! Nichts befürchtete er mehr, als dass die Meerestiere sich über ihn lustig machten, sobald sie entdeckten, dass er nur ein Popanz aus Plastik war.

Doch nach dem Gesicht, das der Pinguin machte, zu urteilen, konnte der Roboter sich in Sicherheit wiegen. Die Illusion schien zu funktionieren. Natürlich hätte Jonas das Tier mit einem Happen verschlingen müssen, um wirklich glaubwürdig zu wirken. Aber er wollte so gern einen Freund haben, dass er das Risiko einging, großmütig zu wirken.

„Ich heiße Jonas, und du?"

„Loopy", fauchte der Meeresvogel.

„Gut, mein kleiner Loopy", ergriff der falsche Hai wieder das Wort, „heute ist dein Glückstag. Ich habe gerade ein Dutzend Menschen verschlungen und bin pappsatt. Deshalb werde ich dich retten."

Jonas rammte nun mit weit aufgerissenem Kiefer das Netz. Loopy, der glaubte, sein letztes Stündlein habe geschlagen, stieß einen Schrei aus. Mit einem einzigen Biss zerriss der Hai das Netz und befreite damit eine Menge Fische, die in einem Wirbel silberner Schuppen davoneilten. Loopy glaubte, durch ein Wunder mit dem Leben davongekommen zu sein und beeilte sich, an die Wasseroberfläche zu gelangen.

„Ha! Ha! Ha! Du hast mich nicht gekriegt, du Fettwanst!"

Jonas hob seinen Kopf aus dem Wasser.

„Könntest du nicht wenigstens danke sagen?"

Der Pinguin schlug einen Purzelbaum, um seine Verachtung auszudrücken.

„Hau ab, du Fiesling! Ich habe zehn Jahre Zirkustraining in meinen Flossen! Du kriegst mich niemals!"

„Du siehst doch, dass ich dich nicht fressen will!"

„Genau – weil du mich wie eine Auster ausschlürfen willst!", spottete Loopy und hüpfte dabei auf den Wellen wie auf einem Trampolin.

„Ich will doch nur dein Freund sein", beharrte Jonas.

„Ha! Ha! Dein Freund – so wie ein Butterbrot ein Freund ist, meinst du das?"

Der Pinguin verhöhnte den Hai mit einer letzten Pirouette und verschwand dann lachend im Wasser.

„Tschüss, Fischkopp, bye bye!"

Und, Platsch! stürzte er mit seinem ganzen Gewicht in das Netz. Wieder war er bis zum Schnabel eingewickelt und stieß Flüche aus, die einen Bierkutscher hätten erröten lassen. Doch als Jonas ihn erneut befreite, musste der Pinguin zugeben, dass der Riesenhai ihm offensichtlich nichts Böses antun wollte.

Noch am Abend desselben Tages glitt Loopy über die Wasseroberfläche dahin, bequem auf dem Rücken seines neuen Gefährten sitzend. Das natürliche Misstrauen des Pinguins war der Bewunderung gewichen. Einen Hai als Kumpel zu haben – wie stolz er darauf sein durfte! Nur wenige Meeresbewohner konnten sich einer solchen Freundschaft rühmen! Und so etwas erreicht zu haben, war umso bemerkenswerter, als Pinguine die Lieblingsmahlzeit der Weißen Haie waren. Jonas musste ein Ausnahmewesen sein! Konnte es sein, dass dieser *Carcharodon carcharias* eine Seele besaß, die ihn befähigte, seine Instinkte zu bezwingen und einer Kreatur zu Hilfe zu eilen, die seine Artgenossen gefressen hätten?

Um die Freundschaft zu besiegeln, vertraute Loopy sich Jonas an. Er erzählte davon, wie er schon bald nach seiner

Geburt gefangen worden war, von dem Massaker, das die Jäger an seiner Familie verübt hatten, und davon, wie er in einen Ozeanpark gebracht worden war. Er berichtete von den Qualen, die seine Leidensgenossen dort erdulden mussten: Orcas, Delfine und Seelöwen, die mit Elektroschocks so dressiert worden waren, dass sie immer fröhlich dreinschauten. Und dass sie ihre Tiefkühlsardinen vor Kindern schlucken mussten, die so erzogen worden waren, dass sie über das Unglück der Tiere lachten.

Doch das gehörte jetzt der Vergangenheit an. Loopy war es gelungen, die Aufmerksamkeit seiner Wärter abzulenken und die Segel zu setzen: Kurs Antarktis, um ins Land seiner Vorfahren zurückzukehren.

Jonas war umso bewegter von diesem Bericht, als das Schicksal des Pinguins ihn an seine eigene Geschichte erinnerte. Er hatte sich allerdings nicht vorstellen können, dass die Menschen ihre Mitlebewesen nicht besser behandelten als Roboter. War es denn möglich, dass die Spezies, die ihn erschaffen hatte, so grausam war? Natürlich hätte er auch gern sein Herz ausgeschüttet. Doch der mechanische Hai schämte sich zu sehr seiner selbst. Nur bescheidene und empfindliche Seelen sind in der Lage, es als Unglück zu empfinden, dass sie sie selbst sind, während Widerlinge in vollen Zügen genießen, tagtäglich gemein zu sein. Jonas war deshalb überzeugt, dass er seine Rolle weiterspielen musste, wenn er geliebt werden wollte. Denn welche Gefühle sollte der Haufen Schrott, der er war, schon wecken? Würde Loopy ihn noch bewundern, wenn er herausfand, dass er nur eine Maschine war? Dass es überhaupt nicht sein Verdienst war, wenn er ihn nicht gefressen hatte, und dass er keinen Instinkt hatte bezwingen müssen, um ihn als Freund zu gewinnen?

„Auch ich war ein Gefangener der Menschen“, tastete sich der falsche Hai vorsichtig voran. „Und wie du bin ich ausgebrochen, letzte Nacht …“

„Was für ein irrer Zufall!“, rief Loopy aus. „Und was willst du mit deiner Freiheit anfangen?“

Die Antwort, die aus dem metallenen Inneren des Roboters kam, klang, als spräche jemand anderes an seiner Stelle.

„Ich suche … meine … Ma… Mama …“

Jonas kam es so vor, als sei die Botschaft, die er verkündete, auch für ihn etwas Neues. Ohne es gewollt zu haben, hatte er seinen innigsten Traum offenbart: ein wirklicher Weißer Hai zu werden, das Kind einer Mama, ein vollwertiges Mitglied der Gemeinschaft der Lebewesen.

„Deine Mama?“, wunderte sich Loopy. „Aber wie willst du die denn finden? Der Ozean ist doch riesig!“

Mechanisch wiederholte der Hai:

„Ich … ich suche meine Mama …“

Die Gefühle übermannten ihn so sehr, dass der Motor aussetzte und eine Rauchsäule aus seinem Hinterteil gen Himel stieg.

„Ups!“, murmelte Jonas peinlich berührt.

„Mach dir nichts draus“, meinte Loopy. „Das passiert mir auch schon mal, wenn ich zuviel Algen gefressen habe.“

In Wirklichkeit zeigte die Fehlzündung an, dass der Roboter fast keinen Treibstoff mehr hatte. Als ob seine Lage nicht schon dramatisch genug war, musste Jonas fürchten, bald schon wie ein Stück Treibgut der Willkür der Strömungen ausgesetzt zu sein.

Plötzlich erreichte sie der Widerhall altbekannter Geräusche …

Jonas stellte fest, dass sie nur noch hundert Meter von einem Strand entfernt waren. Der ablandige Wind wehte das Geschrei, Geplansche und Lachen von Kindern herbei, Schlagermusik und die Rufe von Donut-Verkäufern.

„Menschen!“, rief der mechanische Hai begeistert aus. „Denen wollen wir einen Besuch abstatten!“

„Bist du verrückt geworden?“, schrie Loopy, dem beinahe die Stimme versagte. „Fehlen diese Barbaren dir etwa schon?“

Der Roboter verbarg seine Verwirrung, aus Furcht davor, seine Einstellung könnte eines richtigen Weißen Hais unwürdig sein.

„Der Mensch ist ein missratener Affe“, ereiferte sich Loopy, „und ich möchte keinen einzigen dieser Sadisten jemals wiedersehen.“

„Ich muss welche fressen, um meinen Hunger zu stillen“, beendete Jonas die Diskussion. „Sonst, wer weiß, könnte ich womöglich versucht sein, dich zu fressen.“

„Na, dann aber los“, zwitscherte Loopy plötzlich ganz nachgiebig. „Aber versprich mir, sie gut zu kauen! Sonst musst du wieder Dampf ablassen!“

Natürlich rührte Jonas’ Aufregung nicht daher, dass er scharf auf Fleisch und Blut war. Vielmehr erweckte die Nähe der Badenden den Schauspieler in ihm wieder zum Leben. Publikum! Schreie! Bravorufe! Das waren seine vitalen Bedürfnisse! Der mechanische Hai hatte noch keine Zeit gehabt, seinen Abschiedsschmerz zu verdauen. Alles war so schnell gegangen! Und trotz aller Begeisterung für das freie Leben fehlte sein altes Leben ihm doch sehr.

„Keine Angst“, rief Jonas großspurig. „Ich werde höchstens ein Bein oder zwei fressen, vielleicht noch einen Kopf, und dann schwimmen wir wieder hinaus.“

„Ehrlich, du solltest aufhören, so einen Dreck zu dir zu nehmen!“, seufzte Loopy. „So jedenfalls kriegst du deine Verdauungsprobleme nicht in den Griff. Ich erinnere mich noch, wie Maud – eine Orca-Kollegin – aus Versehen das Bein ihrer Trainerin gefressen hat. Sie hat davon einen unglaublichen Durchfall gekriegt – das Wasser in ihrem Becken ist total grün geworden.“

Doch Jonas hörte ihm nicht mehr zu. Von den Menschen angezogen wie die Motte vom Licht, schwamm der Roboter mit voller Kraft auf den Strand zu. Während er beschleunigte, schoss aus seinem Rumpf eine Wolke schwärzlichen Öls, direkt auf Loopy.

„Du musst wirklich dringend deine Ernährungsgewohnheiten umstellen“, schimpfte der Pinguin. „Du solltest lieber gesunde und ausgewogene Kost zu dir nehmen …“

Und er beeilte sich hinzuzufügen:

„Selbstverständlich spreche ich nicht von mir!“

7. KAPITEL

Wampanig Island

An diesem Tag vor dem Nationalfeiertag waren die Strände von Wampanig Island, einem malerischen Badeort an der amerikanischen Westküste, überfüllt mit glücklichen Urlaubern. Trotz der Hochsommerhitze und ihrer zahlreichen Nebenwirkungen – wie Umweltverschmutzung, Mückenplage, Übelkeit, Dehydrierung, plötzlicher Demenz, Eiterblasen, Ödemen an den Extremitäten, Flecken-und-Pustel-Dermatitis – hatten die Sprecher der Wetternachrichten eine solche Hitzewelle schon so oft als „wunderbare Tage“ bezeichnet, dass alle Welt sich glücklich schätzte, solch ein Wetter zu erleben.

Träge am Strand liegend, verscheuchten Alfred O'Gorman, der Bürgermeister von Wampanig Island, und seine Frau mit nachlässigen Gesten die Mücken.

„Was für ein herrlicher Tag!“, rief Wendy O'Gorman aus, die mit ihrer extrem gebräunten Haut an ein ausgestopftes Krokodil erinnerte.

„In der Tat großartig“, gab ihr Mann zurück und kratzte sich seinen von Flecken-und-Pustel-Dermatitis befallenen Hintern.

Jonas' Auftritt sollte hier wie ein Donnerschlag wirken. Als konkurrenzloser Meister der Spannung strich der mechanische Hai am Meeresboden entlang, während er sich dem Ufer näherte. Die Badenden, die fröhlich im türkisfarbenen Wasser herumplanschten, ahnten nichts von der dunklen Masse, die sich unter ihren Beinen aufbaute.

Und dann plötzlich der Schock! Wie eine Piratenfahne hisste der Hai seine graublaue Rückenflosse über der Wasseroberfläche.

Angriff!

Mit weit aufgesperrtem Maul näherte sich der Hai blitzschnell den Badenden, die aufheulten, als hätte Neptun sie gerade mit seinem goldenen Dreizack in den Hintern gestochen.

~ Überlegung am Rande ~

Seit Uhrzeiten verbreiten Haie unvergleichlichen Schrecken. Es stimmt – jährlich töten diese Tiere fünf oder sechs unvorsichtige Schwimmer. Doch wenn man bedenkt, dass die Menschen im selben Zeitraum hundert Millionen(!) Haie töten, muss man zugeben, dass diese großen Fische wenig rachsüchtig sind. Welch eine lächerliche Bedrohung stellen die Haie im Verhältnis zu weniger bekannten Geißeln der Menschheit dar, wie etwa herabfallenden Kokosnüssen (150 Tote jährlich), Rolltreppenunfällen (200 von ihrer eigenen in der Rolltreppe eingeklemmten Kleidung Erdrosselte), knallenden Champagnerkorken (750 Opfer), ganz zu schweigen von schlecht befestigten Gebissen (1200 im Schlaf Erstickte). Und wieviel Angst müsste der Mensch nicht vor sich selbst, dem *homo sapiens* haben, der Jahr für Jahr eine Million seiner Artgenossen erdolcht, erschießt, erhängt oder durch Stromstöße, Gas oder Bomben tötet. Glaubt man den Statistiken, setzt ein Mensch, wenn er in haiverseuchten Gewässern schwimmt, sein Leben weniger aufs Spiel, als wenn er seinem Nächsten die Hand gibt.

~ Ende der Überlegung am Rande ~

Die Wahrscheinlichkeit, von einem Roboter verschlungen zu werden, war exakt gleich null. Aber in diesem Aufruhr kam niemand auf den Gedanken, Tauchermaske und Schnorchel aufzusetzen, um herauszufinden, ob dieser Hai eine Maschine war oder nicht. Und wer wäre darauf gekommen, dass dieses Plastikmonster nur deshalb Angst und Schrecken verbreitete, weil es im Gegenzug geliebt werden wollte. Aber weil Angst ein schlechter Ratgeber ist, war die Illusion perfekt und der Schrecken vollkommen.

Im Zickzack schwamm Jonas zwischen den Badenden umher und klapperte mit dem Kiefer, wobei er das Wasser ordentlich aufschäumen ließ. Von Panik ergriffen, schlotterten die Beine und Arme der Badenden, als seien sie kaputte Hampelmänner.

Loopy hatte es eilig, wieder ins offene Meer hinauszukommen, und betrachtete nervös die Szene.

„Und was ist jetzt? Worauf wartet er noch mit seiner Mahlzeit?"

Jonas tobte zwischen den Badegästen herum, mit der Begeisterung eines sich suhlenden Wildschweins. Selbstverständlich tat er niemandem etwas zu Leide. Er neckte ein Kind mit der Spitze seiner Schnauze und kitzelte ein anderes mit den Enden seiner Flossen.

Völlig außer Rand und Band machte das falsche Monster einen Freudenpurzelbaum und setzte ein breites Grinsen auf, das es noch furchterregender aussehen ließ.

„DU WIRST SIE FRESSEN, NICHT WAHR?“, plärrte der Pinguin, der mit seinen Nerven am Ende war.

„Ein vollkommener Triumph! Ein verblüffendes Comeback!“, träumte der Hai und grüßte sein Publikum, indem er seinen Kopf hob.

Doch statt donnerndem Applaus traf ihn ein Schuss mitten ins Gesicht.

„Kommen Sie aus dem Wasser!“, brüllte der Polizist, der von seinem Aufsichtsposten aus den Hai ins Visier genommen hatte.

„Tauchen!“, schrie Loopy. „Sie werden dich töten!“

Verdutzt wandte sich Jonas zu seinem Freund um, ohne zu merken, dass er ein großes Loch im Schädel hatte.

„Aber warum sind sie denn wütend?“

Überzeugt, dass sein Gefährte durch die Verwundung den Verstand verloren hatte, beeilte Loopy sich, Jonas in den Ozean hinauszuziehen.

„Normalerweise müssten sie applaudieren“, schluchzte der Hai wie ein großer Säugling.

Ein zweiter Schuss durchlöcherte seine Rückenflosse.

„Alle Mann in Deckung!“, schrie der Pinguin.

Ganz benommen von diesem Ausbruch der Gewalt, tauchte Jonas unter und verschwand im Dunkel der Tiefe.

FISH
CO

8. KAPITEL

Captain Grisby

Das Thermometer zeigte an diesem Abend 32 Grad im Mondlicht an, und trotzdem wagte niemand zu baden oder auch nur an den Stränden von Wampanig Island spazierenzugehen, vor lauter Angst, das Monster könnte aus dem Wasser gleiten, um die nächtlichen Wanderer zu verschlingen.

Das normalerweise so beruhigende Murmeln der Wellen klang jetzt wie der Odem finsterer Kräfte. Wasser – die harmloseste aller Flüssigkeiten weckte Misstrauen. Von irrationaler Angst besessen, leerten die Bewohner ihre Pools und drehten ihre Wasserhähne doppelt zu, weil sie fürchteten, dass die Zähne der Hölle aus der Wasserleitung oder der Kanalisation auftauchen könnten, um ihnen ein Bein abzutrennen, einen Arm abzureißen oder den Körper zu zerfetzen.

Die Nachricht von der Haiattacke verbreitete sich in Windeseile, und die Bedrohung durch den legendären Menschenfresserhai bemächtigte sich der Vorstellung der Menschen. Kinder versicherten, sie hätten gesehen, wie seine Rückenflosse den Schaum in ihrer Badewanne zerteilte, und die Seeleute im Hafen sahen, wie sich sein Grinsen im Boden ihrer Rumgläser spiegelte. Was die Gattin des Bürgermeisters betrifft, so schwor sie Stein und Bein, dass sie das finstere Auge des Hais durch das Abflussloch ihrer Toilette habe lugen sehen. Deshalb erledigte sie ihr Geschäft jetzt in ihrem eigenen Garten.

Die Taverne *The Mermaid* am Ende des Hafens hatte an diesen Abend so viele Gäste wie seit dem jährlichen Kabeljau-Wettessen nicht mehr.

In einer von Tabakrauch und dem Geruch frittierten Fischs geschwängerten Atmosphäre stritten sich die Einheimischen über den Monsterhai, der mitten in der Saison seine Zähne gezeigt hatte. Was sollte man tun? Die Strände schließen? Die Medien unterrichten oder die Vorfälle verschweigen?

Natürlich waren die Geschäftsleute von Wampanig Island erschrocken von der Aussicht, dass sie von einem Hai verschlungen werden könnten. Doch der drohende Umsatzrückgang schreckte sie noch mehr.

„Wenn die Presse erfährt, dass ein Weißer Hai die Gegend unsicher macht, können wir für diese Saison einpacken", erklärte Miss Poole, eine pensionierte Grundschullehrerin und Besitzerin einer Flotte nagelneuer Tretboote, mit zitternder Stimme.

Die Gebrüder Ebner, achtzigjährige Zwillinge, die stets einer Meinung waren, jammerten:

„Und unsere Strandbungalows, wer soll die dann mieten?"

Nur Reverend Watkins freute sich heimlich über die Bedrohung. Ein Hai, der vom Himmel gefallen ist? Welch ein Glück! Alle professionellen Kirchenleute können versichern, dass nichts effizienter als eine Katastrophe ist, um ihre Kundschaft zu vergrößern und den Verkauf von Kerzen, Rosenkränzen und ähnlichem Schnickschnack für die einfachen Gemüter anzukurbeln.

„Brennend ist der Biss, mit dem der Fischer verschlungen wird", rief der Kirchenmann und breitete seine mageren Arme aus. „Und er ist tief, der Rachen, der die Seelen in sich hineinzieht, die verdorben sind durch ihr Streben nach Vergnügungen, Bequemlichkeit und Profit! Betet also, ihr armen Verdammten! Bereut und lasst ein Licht aufgehen, damit die Kreatur zur Strecke gebracht werden kann! Entzündet Kerzen (einen Dollar das Stück, drei Stück für zwei Dollar), dann wird der Herr vielleicht Mitleid mit euch haben!"

Ehrfürchtig hörte die Versammlung dem Reverend zu, dem in der ganzen Gegend der Ruf großer Weisheit und Intelligenz vorauseilte. Aus den schuldbewussten Mienen seiner Schäfchen schloss Watkins, dass die nächste Kollekte sehr hübsch ausfallen würde. „Mindestens zweihundert Dollar!“, überlegte er, ohne dass sein zum Schein zerknirschter Gesichtsausdruck die geringste freudige Regung verriet. „Vielleicht sogar dreihundert“, korrigierte er sich, und bei diesem Gedanken konnte er einen Krampf in der Lippe nicht mehr verhindern.

Genau das, was die Orgel kostete, die er im Musikgeschäft von Fincher & Sons im Angebot gesehen hatte, und die ihm erlauben würde, seine Hallelujas künftig nicht nur im Jazz- und Tangorhythmus spielen zu können, sondern auch in dem der Merengue, dieses aus Kuba stammenden sinnlichen Tanzes, bei dem es vor allem um den Hüftschwung geht.

Plötzlich klopfte ein Holzbein dreimal energisch gegen den Boden und ließ Ruhe einkehren.

„Wat'n Schiet, so'n Hai hat doch nichts mit deinem lieben Gott zu tun!“, höhnte die Silhouette. Breitschultrig war Captain Grisby in der Tür erschienen, während hinter ihm ein Blitz den Himmel zerriss. Jetzt betrat der einäugige, einarmige und einbeinige alte Seebär den Raum.

„Hab gehört, in der Gegend hier treibt sich so'n Menschenfresser 'rum“, brummte er, während er auf einer Stange Lakritz kaute, die genauso schwarz war wie seine Zähne, welche er seit dem Winter 1979 nicht mehr geputzt hatte.

Captain Grisby kicherte und streichelte Kikette, den kleinen Affen, der sich auf seiner Schulter festgekrallt hatte. Beim Anblick des Primaten konnte Miss Poole erst im letzten

Moment eine Übelkeit unterdrücken. Dafür muss man wissen, das Kikette schon seit achtundzwanzig Jahren tot war. Das von seinem Herrn nicht sehr sorgfältig ausgestopfte Tier gab einen pestilenzartigen Gestank von sich – manche Leute behaupteten allerdings, das sei der Körpergeruch von Grisby selbst. Plötzlich machte der stinkende Seemann einen Schritt nach vorn, raffte sein Hosenbein und zeigte sein Holzbein.

SINGING BILLY
MAYOR

„Südafrika, 16. November 1977! Reede von Port Elizabeth! Erste Begegnung mit 'nem Weißen Hai. Hat sich mit einem Happen mein Bein genehmigt. Aber ich hab rot gesehen und ihm die Augen ins Hirn gedrückt. Dann hab ich den Kerl aufgeschlitzt, um an mein Bein zu kommen. Ich hab es mir mit Fischergarn wieder angenäht und dabei *Mama, du sollst doch nicht um deinen Jungen weinen* gepfiffen. Leider war mein Bein total verfault, als ich wieder zu Hause war. Voll von Würmern, diesen kleinen ganz weichen weißen … also hab ich es wieder abnehmen müssen. Ich hab's den Hafenkatzen zum Fraß vorgeworfen."

Alle waren still, bis Grisby gerührt erklärte: „Haie kann ich garnich leiden, aber Katzen … mag ich."

Jetzt drehte er sich einmal um sich selbst und hob seinen mottenzerfressenen Pullover an. Darunter wurde eine Narbe sichtbar, die an seinen Rippen entlang lief, mit einem Muster, das an das Grinsen eines Halloween-Kürbis' erinnerte.

„Australien! 14. September 1980, 'n ziemlich fetter Kerl, nich mit so kleinen Zähnchen wie das liebe Jesuskind! Hat mich zur Begrüßung von drei Pfund Hüftgold befreit. Bis heute die erfolgreichste bekannte Schlankheitsdiät! Aber den Fräuleins rate ich davon ab", fügte er hinzu und deutete dabei mit dem Kinn – der Himmel weiß warum – auf Godfrey Winterbottom, den feinen britischen Friseur, der sich 1982 auf der Insel niedergelassen hatte.

„Sehr schön, Grisby", unterbrach ihn mit säuerlicher Stimme Miss Poole. „Wir haben die Geschichten von Ihren Abenteuern schon hundert Mal gehört. Wir wollen keine Zeit verlieren, verstehen Sie? Können Sie uns das Monster vom Leib schaffen?"

„Gewiss, Miss."

„Und wie?"

„Nun, das Einfachste wäre, meine Dam' und Herrn, Sie stürzten sich allesamt in seinen Rachen. Sie sind sowas von verfault, dass das arme Vieh auf der Stelle an dem Gift verrecken würde!"

Dieser witzig gemeinte Vorschlag erntete allerdings keinen einzigen Lacher.

„Kommen wir zur Sache, Grisby", ergriff der Bürgermeister das Wort. „Wieviel wollen Sie dafür, dass Sie das Monster umbringen?"

„Zehntausend Dollar", bellte der Kapitän.

„Zehntausend???", rief Miss Poole mit erstickter Stimme.

„Jawoll, meine Süße! Zehntausend Kujambel oder das Geschäft fällt ins Wasser – und in Tagen wie diesen ... ha, ha, ha! ... in Tagen wie diesen ist von einem Bad abzuraten!"

Grisby brach nun in ein donnerndes Gelächter aus, das von einem lauten Rülpser gekrönt wurde, der nach gebratenem Tintenfisch roch.

Nach kurzem Zögern kamen die Inselbewohner schweigend überein, dass zehntausend Dollar dem gehören sollten, der den Weißen Hai tot oder lebendig ablieferte.

„Abgemacht“, erklärte Grisby zufrieden brummend. „Ich breche in der Morgendämmerung auf, und vor dem nächsten Vollmond bringe ich euch seinen Kopf, seinen Schwanz und den ganzen Rest!“

Dann wünschte der Seemann allen eine gute Nacht und verließ die Kneipe, während er sich vorsichtig mit dem Haken an seinem Armstumpf am Hintern kratzte.

9. KAPITEL

Die Jagd

Die Fangprämie von zehntausend Dollar bewirkte, dass sich so manch einer über Nacht zum Haitöter berufen fühlte. Unter dem Geschrei der Möwen verließ eine ganze Flotte bei Morgengrauen den Hafen.

Natürlich konnte keiner der Einheimischen behaupten, ähnliche Erfahrung mit der Haifischjagd zu haben wie Grisby. Doch da jeder ein Auge, eine Hand und ein Bein mehr hatte als der, meinten viele, das Monster vor dem klapprigen Alten fangen zu können.

In der Hafeneinfahrt stießen die Boote aneinander. Vorne auf dem Polizeiboot stehend, feuerte der Bürgermeister in die Luft, um die Durchfahrt zu erzwingen. Unter einem Konzert von Verwünschungen versuchte das Kabeljaufangboot von Ken Perkins, den Sardinenfänger von Ted White zu überholen, der wiederum den Weg für die Segelyacht der Gebrüder Ebner versperrte. Inmitten dieses Chaos' eilte Miss Poole, eine 357er Magnum in der Hand, auf ihrem Tretboot dem Kampf mit dem Monster entgegen. Was allerdings keiner wusste, war, dass Reverend Watkins, schlau wie ein Affe, sich schon in der Nacht ein Schlauchboot geliehen hatte und bereits auf dem offenen Meer war, wo er eine Handvoll Oblaten nach der anderen als Köder verstreute, um die Kreatur anzulocken.

Die Ellenbogen auf die Bordwand seines Kutters gestützt, den er in Erinnerung an seine Mutter *Big Belly* getauft hatte, beobachtete Captain Grisby spöttisch die überstürzte Ausfahrt seiner Konkurrenten. Als die Gebrüder Ebner auf seiner Höhe waren, ließen sie ihr Nebelhorn ertönen, um den alten Seemann zu ärgern.

„Guten Fang, Frolleins", grüßte sie Grisby und schwenkte seine Mütze. „Aber ich will Hugo heißen, wenn ihr nicht vor Mittag mit lauter Blasen an den Händen zurück seid!"

Nein, der alte Captain hatte es nicht eilig mit dem Ankerlichten. Er wusste, dass er von diesen Sonntagsfischern nichts zu befürchten hatte – zumal es erst Samstag war.

Schweren Herzens schwamm Jonas vor sich hin. War er schon so in Vergessenheit geraten, dass keiner der Badegäste ihn wiedererkannte? Und was hatte er Böses getan, dass sie so wütend auf ihn waren? Er hatte doch alles so gemacht, wie man es ihm beigebracht hatte. Wieso rief das, was ihn einst berühmt gemacht hatte, jetzt Hass und Ablehnung hervor?

„Hast du etwa erwartet, dass die Badegäste dich mit Blumenkränzen begrüßen?", fragte Loopy ironisch. „Ich will dich ja nicht beleidigen, aber du solltest deine Angriffstaktik wirklich überdenken. Du hast zuviel herumgekaspert! Du musst in den Haufen hineinstoßen und zubeißen, ohne Gedöns!"

„Ich wollte sie doch bloß unterhalten", murmelte Jonas.

„Sie unterhalten??? Wolltest du sie nun fressen oder den Clown machen?"

„Du kannst das nicht verstehen …“

„Was soll das heißen?“

„Ich bin kein Hai wie die anderen …“

Der Roboter war es leid zu lügen und gestand die Wahrheit. Teilweise wenigstens.

„Ich bin Schauspieler“, sagte er.

Loopy riss die Augen auf.

„Ich bin ein Star, eine Legende! Der berühmteste Hai der Filmgeschichte.“

„Dieser Pistolenschuss hat seinen Kopf wirklich schwer in Mitleidenschaft gezogen“, dachte der Pinguin.

„Ich war der Hauptdarsteller in einem Erfolgsfilm! Die Menschen auf der ganzen Welt haben mich vergöttert!“

Ja, die Kugel hatte sein Hirn bestimmt in Brei verwandelt. Davon zeugten seine Träume von Ruhm und Größe, was typisch ist für Hohlköpfe mit Hirnschäden.

„Wenn die Menschen mich erkannt hätten, hätten sie mir applaudiert. Aber sie haben mich für einen richtigen Hai gehalten. Ich meine … ich will sagen … einen gewöhnlichen Hai“, korrigierte sich der Roboter.

„Ist ja gut …“, beruhigte ihn Loopy, der wusste, dass man Verrückten nie widersprechen darf.

„Das Schauspielern ist meine Leidenschaft! Dazu bin ich geboren! Figuren Leben einzuhauchen! Die Menschen rühren! Ihnen Schauer über den Rücken zu jagen! Es gibt nichts Schöneres, verstehst du?“

„Ist ja gut … !“

Das Dröhnen von Motoren unterbrach die Diskussion.

„Die Menschen!“, rief Jonas mit seligem Lächeln aus. „Sie kommen zurück, um sich für ihr Misstrauen zu entschuldigen!“

Völlig außer sich, vermochte Loopy einen Schrei nicht zu unterdrücken:

„BLEIB HIER, BLÖDKOPF!“

„Immer höflich bleiben, verstehst du?“, grummelte Jonas. „Du redest immerhin mit einem Weißen Riesenhai!“

„Begreifst du denn nicht? Sie wollen dich umbringen!“, schrie der Pinguin.

Jonas kicherte spöttisch.

„Mein armer Loopy, du hast wirklich keinen Schimmer von der Psychologie des Menschen!“

Der Roboter beeilte sich, an die Oberfläche zu gelangen und wedelte freudig mit dem Schwanz.

Die Boote zogen in ihrem Kielwasser eine ekelhafte Mischung von Substanzen hinter sich her, von denen man annahm, sie könnten den Appetit des Monsters anregen: geronnenes Blut, zerfetzte Eingeweide, Pepsi-Cola … Reverend Watkins war der erste, der sah, wie die Schnauze des Hais aus dieser grünlichen Masse auftauchte.

„DIE KREATUR!!!“

Die Motoren der Boote heulten auf, und die Jagd ihrer Besatzungen auf die zehntausend Dollar begann. Ein Regen von

Pfeilen und Harpunen ging über Jonas nieder. Verblüfft drehte der Roboter ab, um den Geschossen zu entgehen. Darauf wendete das Polizeiboot im Eifer des Gefechts plötzlich und schickte Miss Pooles Tretboot auf den Sardinenfänger von Ted White, der auf das Kabeljaufangboot von Ken Perkins knallte, das sich wiederum in die Yacht der Gebrüder Ebner bohrte, dessen Bug das Schlauchboot von Reverend Watkins aufschlitzte. Unter dem Krachen aufgerissener Schiffsrümpfe begannen die Boote zu sinken – wie im freien Fall dem Meeresgrund entgegen.

Nur der Außenborder von Gavin Payet entging dem allgemeinen Schiffbruch. Um das Monster anzulocken, hatte der junge Finanzberater sich etwas Besseres überlegt als ein bisschen Fisch: Am frühen Morgen hatte er heimlich Cleo, das Hündchen seines Sohnes, mitgenommen. Gavin Payet hatte nichts gegen Hunde. Er interessierte sich nur überhaupt nicht für sie, und er warf ihnen vor, dass sie ohne Grund fröhlich waren und mindestens zweimal täglich um Fressen bettelten.

Der Mann band der Hündin einen riesigen Fleischerhaken auf den Rücken und nahm sie auf den Arm. Er spürte, wie das Tier zitterte und streichelte ihm sanft den Kopf.

„Ganz ruhig, meine Kleine … alles wird gut …“

Doch als er das Hündchen gerade ins Wasser werfen wollte, ließ ihn ein Gedanke innehalten. Er stellte sich die Reaktion seines Sohnes vor. Wie er weinen würde, wenn er das Verschwinden seines geliebten Haustiers bemerkte. Doch dann überlegte Gavin Payet sich, wie er von den zehntausend Dollar Prämie ein BMX-Rad kaufen könnte und dass das bestimmt genügte, um den Jungen zu trösten. Denn schließlich liebte er seinen Sohn, der wirklich ein süßer kleiner Kerl war. Als er mit diesen langen Überlegungen fertig war, warf er die Hündin über Bord.

Cleo stürzte mit dem Kopf voran ins Meer. Von Panik ergriffen, paddelte sie mit den Beinchen, um die Schnauze über Wasser halten zu können, aber so sehr sie sich auch bemühte – das Gewicht des Hakens ließ sie hinabsinken. Gavin Payet bekam Gewissensbisse.

„Ich hätte einen leichteren Haken nehmen sollen“, überlegte er.

In der Tat, da er zu schnell sank, würde der Köder sich nicht lange bewegen und dadurch seine Anziehungskraft auf den Hai verlieren.

„Hund über Bord!“, rief Loopy.

Jonas bewegte den Kopf hin und her.

„Das ist nicht der richtige Zeitpunkt, ein Bad zu nehmen“, brummte er. „Das Boot kann ihn verletzen!“

Mit lautem Motorengeräusch schwamm der Haifisch auf Cleo zu. Der Mensch schrie:

„Los, Cleo! Fass! Fass ihn!“

Jonas senkte den Kopf, um das Tier mit der platten Oberseite seiner Schnauze aufzusammeln.

Verblüfft beobachtete Gavin Payet, wie Cleo wieder auf die Beine kam und sich auf die Schnauze des Haifischs stützte, als sei sie ein Surfbrett.

Das Hündchen fand das Abenteuer, das es für ein Spiel hielt, sehr aufregend und schüttelte sich, um den Haken loszuwerden. Gavin Payet verfolgte unterdessen das Monster, das sich auf die Küste zubewegte. Als er es eingeholt hatte, zielte er mit seiner Harpune. Doch er fand nicht mehr die Zeit, den Schuss auszulösen. Der Außenborder wurde durch ein Riff aufgeschlitzt und sein Kapitän auf einen Felsen geschleudert, der mit scharfkantigen Muscheln besetzt war. Gavin Payet fand den Tod dadurch, dass ein Dutzend Muscheln seinen Schädel durchbohrten.

Cleo sprang ans Ufer und rollte sich im Sand.

Zum Dank kläffte sie ein paar Mal in Richtung Hai und trottete dann nach Hause.

„Wir wollen uns nicht aufhalten“, sagte Loopy. „Wir sind hier nicht willkommen.“

Als Jonas wieder ins offene Meer schwamm, stellte sich ihm Grisby mit seinem Kutter in den Weg. Der Captain richtete eine Kanone auf ihn, Peng! Ein Pfeil blieb in der Rückenflosse des Haifischs stecken. Loopy machte sich über die geringe Größe des Geschosses lustig. Zu unrecht. Was er nämlich nicht wusste, war, dass sich in dem kleinen Pfeil ein GPS-Empfänger verbarg. Grisby eilte in den Laderaum, um einen Bildschirm zu betrachten, auf dem eine Seekarte zu sehen war. Ein Lichtsignal mitten auf dem Bildschirm zeigte die Position des Hais an.

Nein, der Captain hatte es nicht eilig, aufs offene Meer hinauszukommen. Jetzt, wo alle seine Konkurrenten im Wasser waren, konnte er das Monster erst einmal entkommen lassen. Wo auch immer es sich verbarg, Grisby würde seinen Aufenthaltsort kennen. Der Seemann kehrte auf die Brücke zurück und sah, wie sich die Rückenflosse südwärts entfernte. Lange zog er an seiner Pfeife; dann stieß er den Rauch mit einem grimmigen Lächeln wieder aus.

„Und nun zu uns beiden, mein Dicker …“

10. KAPITEL

Eine Begegnung

Der Pinguin war froh, dass sie jetzt wieder zur Antarktis unterwegs waren. Jedesmal, wenn sie sich weiter von den Menschen entfernt hatten, schien der Ozean klarer und reiner zu werden.

Jonas schwamm unter der Wasseroberfläche, und tausend Gedanken beschäftigten ihn. Sein ganzes Leben war so plötzlich aus der gewohnten Bahn gerissen worden! Er kam sich vor wie ein unartiges Kind, das von seinen Eltern am Straßenrand ausgesetzt worden war. Gab es einen Ort auf der Welt, wo man ihn noch haben wollte? Zum ersten Mal wurde ihm bewusst, dass der Mensch ein bösartiges Lebewesen ist, und sein Kummer darüber wurde noch durch die Scham verstärkt, dass er ein Geschöpf eben dieser Menschen war.

Ja, zum ersten Mal in seinem Leben spürte Jonas, dass Wut in ihm aufstieg. Und dieses Gefühl weckte in ihm ein bis dahin unbekanntes Begehren: Er hatte Lust darauf, einen Menschen einfach so auch in Wirklichkeit zu verschlingen.

Loopy schwamm über Jonas' von Pfeilen und Harpunen gespicktem Rücken. Natürlich empfand der Roboter keinen Schmerz. In seinen Gedanken verloren, hatte er sogar ganz vergessen, dass er von Metallstücken durchbohrt war.

„Du kannst nicht ewig mit diesem Zeug weiterschwimmen“, sagte der Pinguin. „Ich werde dir das ganze Eisen herausziehen.“

„Wenn du willst“, antwortete Jonas zerstreut.

„Ich warne dich, das kann ein bisschen wehtun.“

Mit einer schnellen Bewegung zog Loopy eine Harpune heraus, ohne dass der Hai die geringste Reaktion zeigte.

„Tut dir das denn nicht weh?“

„Nein, wieso?“

„Was für ein Angeber!“, dachte der Pinguin.

Dann zog er an einem Dreizack und riss mit ihm ein großes Stück Plastik heraus.

„Aua!“, schrie Loopy. „Das hat aber bestimmt wehgetan!“

„Nein, gar nicht“, erwiderte Jonas, immer noch ganz ruhig.

Neugierig geworden, untersuchte der Vogel die Wunde, die nicht bluten wollte. Er legte ein Ohr darauf.

Ein mechanisches Ticken war aus der offenen Wunde zu vernehmen.

„Ich höre da komische Geräusche aus dem Inneren deines Bauchs.“

Jonas erschrak.

„Geräusche? Wie denn das?“

Loopy legte sein Ohr auf die Seite des Roboters.

„Ja, wie das Ticktack einer Uhr.“

Der Haifisch verbarg seine Beunruhigung hinter einem gezwungenen Lachen.

„Ho! Ho! Ho! Wahrscheinlich die Uhr eines meiner Opfer, die immer noch an seinem Handgelenk hängt.“

Fasziniert schwamm Loopy um Jonas herum.

„Trotzdem eigenartig. Hast du denn gar kein Bauchweh?“

„Nöö. Lass doch!“

„Mach den Mund auf und lass mich in deinen Schlund gucken! Vielleicht hat sich da etwas verklemmt.“

„Mmpf, mpf!“, protestierte Jonas, während er sich auf die Lippen biss.

„Aufmachen, sage ich. Das kann etwas Ernstes sein.“

Plötzlich erblickte Jonas die Silhouette eines Sandtigerhais, der auf Loopy zuschwamm.

Ein Gefühl wie ein Elektroschock durchzuckte seinen Leib. Ohne weiter nachzudenken, riss der Roboter sein Maul auf und verschlang den Pinguin. Die Kiefer des Sandtigerhais schlossen sich vor Jonas' Nase mit einem trockenen Knacken. Der Raubfisch blieb einen Augenblick lang regungslos, um dem Weißen Hai besser in die Augen blicken zu können.

„Glückwunsch,“ zischte er zwischen seinen Haifischzähnen, „den hast du gekriegt.“

Der Sandtigerhai war deutlich kleiner als Jonas. Doch seine spitze Schnauze, seine unruhigen Pupillen und seine wie ein Wall aus Rasierklingen nach außen gerichteten Zähne boten einen Anblick, der einem das Blut gefrieren ließ.

Zuerst hatte Loopy gedacht, sein letztes Stündlein habe geschlagen. Doch dann sah er zwischen Jonas' Kiemenklappen

die Umrisse des Sandtigerhais und begriff, dass sein Freund ihn verschluckt hatte, um ihn in Sicherheit zu bringen. Das Innere des Rachens war so groß, dass er aufrecht stehen konnte. „Eine richtige Höhle!“, dachte er.

Als nächstes bemerkte er, dass das Zahnfleisch mit Schrauben befestigt war. Er berührte Jonas’ Zunge. Man hätte meinen können: Plastik. Er betastete die Zähne. Gummi! Loopys erster Gedanke war, dass dieser Hai seinem Zahnarzt ein Vermögen eingebracht haben musste. Doch es wurde noch viel seltsamer. Jonas hatte keinen wirklichen Schlund, keine Speise- und keine Luftröhre. Sein Rachen und sein Bauch waren eine einzige riesige Höhle. Im Halbdunkel drang der Vogel weiter ins Innere vor. Motorengeräusche unterbrachen die Stille. Er stolperte über einen Seilzug, und sein Herz begann heftig zu klopfen. Inzwischen konnten seine an die Dunkelheit gewöhnten Augen einzelne Formen und Gegenstände unterscheiden. Er kam sich vor wie im Inneren eines U-Boots. Jonas' Bauch war ein Labyrinth von mit Röhren verbundenen Motoren! Eine Luftblase im Rumpf erlaubte Loopy Luft zu holen. Aber selbst nachdem er tief eingeatmet hatte, konnte er sich kaum beruhigen. Auch wenn er es nicht glauben wollte, musste er doch einsehen, was die undenkbare fantastische Wirklichkeit war: Er befand sich im Bauch eines mechanischen Haifischs.

Normalerweise hätte der Sandtigerhai kehrt und sich aus dem Staub gemacht, sofern man im Wasser davon sprechen kann. Es ist niemals klug, auch nicht für einen Sandtigerhai, sich in Reichweite der Kiefer eines Weißen Hais aufzuhalten. Doch ein komisches Gefühl hielt den Sandtigerhai davon ab zu fliehen.

„Seltsam", sagte er, während er um Jonas herumschwamm, „du riechst nach nichts …"

Jonas erstarrte und wusste nicht, was er antworten sollte. Nachdem er schon zu lange geschwiegen hatte, murmelte er die einzige Entgegnung, die ihm einfiel.

„Das liegt daran, dass ich gerade ein Bad genommen habe."

„Machst du dich über mich lustig?", fauchte der Sandtigerhai.

Loopy war inzwischen in das Maul des Roboters gekrochen, um ihm die richtigen Antworten in seinen Gehörgang zu flüstern.

„Sag ihm, dass die Meeresverschmutzung euren Geruchssinn verwirrt!“, murmelte der Pinguin.

„Das kommt daher, dass die Meeresverschmutzung unseren Geruchssinn verwirrt“, wiederholte Jonas und betonte das Gesagte wie ein schlechter Schauspieler.

„Möglich“, gab der Sandtigerhai misstrauisch zu. „Trotzdem bist du irgendwie seltsam …“

„Ach ja?“, stotterte Loopy, als müsste er sich verteidigen.

„Ach ja?“, wiederholte Jonas ähnlich kleinlaut.

„Meine Augen sehen dich … Aber trotzdem geht von dir nicht Spürbares, kein Herzschlag aus. Als wärst du unsichtbar … oder vielmehr … als wärst du tot.“

Der Sandtigerhai näherte sich nun dem Weißen Hai, um ihn genauer zu untersuchen. Als er die Kiemen von Nahem betrachtete, meinte er, eine flüchtige Bewegung wahrzunehmen.

Loopy war gerade noch rechtzeitig zurückgesprungen, um nicht gesehen zu werden. Unversehens presste der Sandtigerhai seinen Kopf gegen Jonas' Seite. Durch die Plastikwand hindurch hörte er ein Herz schlagen. Erleichtert atmete der Hai auf. Wie hätte er auch ahnen sollen, dass dies die Herztöne eines im Inneren eines Roboters verborgenen Pinguins waren?

„Wenn ich nicht dein Herz schlagen gehört hätte, würde ich dich für ein Gespenst halten."

„Ha! Ha! Das ist ja was!", witzelte Jonas wenig überzeugend.

Durch eine ungeschickte Bewegung drückte Loopy mit seinem Hintern aus Versehen einen Hebel hinunter. Sofort sprang ein Motor an, der den Roboter dazu zwang, eine Grimasse zu schneiden und unkoordiniert mit den Flossen zu schlagen.

„Machst du dich schon wieder über mich lustig?", grummelte der Hai.

„Ganz und gar nicht", protestierte Jonas, der nicht anders konnte, als die Zunge herauszustrecken und wie ein Schwachsinniger mit den Augen zu rollen.

Loopy geriet in Panik und drückte nun auf gut Glück alle möglichen Knöpfe, in der Hoffnung, das Chaos zu beenden, das er angerichtet hatte. Eine Sauerstoffflasche explodierte, und aus den Nasenlöchern des Roboters perlten schier endlose Ketten von Luftblasen.

„Was zum Teufel ist denn mit dir los?“, schrie der Sandtigerhai.

„Verdauungsprobleme“, seufzte Jonas. „Der Pinguin, den ich gefressen habe, war nicht mehr frisch.“

Die Kiemen des Hais öffneten und schlossen sich im Rhythmus einer immer heftigeren Atmung.

„Nein, unmöglich!“, wütete er. „Du kannst kein Hai sein!“

„Möchtest du vielleicht, dass ich dich fresse, um dir das Gegenteil zu beweisen?“, drohte Jonas, der damit wiederholte, was Loopy ihm zuflüsterte. „Du solltest dich lieber davonmachen, wenn du nicht meinen Zorn spüren willst. Der Druck meiner Kiefer beträgt fünf Tonnen pro Quadratzentimeter! Und sie sind mit 500 Zähnen gespickt, von denen einer schärfer ist als der andere! Und was meinen Sinn für Moral betrifft, so habe ich ihn aus Urzeiten geerbt, und er grenzt an null. Ich habe nicht die geringsten Skrupel, jemanden zu verschlingen, der kleiner ist als ich.“

Der Sandtigerhai kicherte daraufhin bloß.

„Da wir nun schon einmal bei anatomischen Erläuterungen sind – du weißt doch bestimmt, dass Haie mit ihren Kiemen atmen. Wir schwimmen mit geöffnetem Maul, damit die Strömung unsere Kiemen mit ausreichend Sauerstoff versorgt, stimmt's?"

„Pff, natürlich weiß ich das!"

„Deshalb müssen sich Haie immer bewegen, selbst im Schlaf, wenn sie nicht den Erstickungstod sterben wollen."

„Ja? Na und?", gab Jonas schnippisch zurück.

Der Sandtigerhai sah dem Weißen Hai tief in die Augen.

„Nun, seitdem wir uns begegnet sind, hast du dich nicht bewegt …"

Schweigen.

„Ich glaube, jetzt ist die Kacke am Dampfen", stammelte Jonas, obwohl diese zuvor von Loopy geflüsterten Worte nicht für die Öffentlichkeit bestimmt waren.

Der andere Hai drehte seine Augen nach hinten. Sein eisiger Blick – zwei weißliche Kugeln – kündete davon, dass ein Angriff bevorstand.

„Lass uns hier abhauen", zischte Loopy, „es wird knallen!"

Der Sandtigerhai schoss nach vorn. Seine wie Widerhaken gebogenen Zähne trafen Jonas mit ganzer Kraft. Loopy machte infolge des Stoßes einen unfreiwilligen Salto; er versuchte, sich an einem Seilzug festzuhalten und öffnete dadurch eine Seitenklappe, durch die die Maschinen des Roboters sichtbar wurden. Beim Anblick dieser Eingeweide durchschauerte es den Sandtigerhai. Sein zweiter Angriff war noch brutaler. Er versuchte Loopy zu erwischen, doch seine Zähne stießen auf einen Metallbogen, danach war der Pinguin zwischen einem

Haufen verbogenen Blechs eingeklemmt und versuchte dennoch, die Motoren in Gang zu setzen, damit Jonas fliehen konnte.

Plötzlich ein Knall. Eine Harpune hatte den Sandtigerhai getroffen, der sich in einer Wolke von Blut wand. Der Schatten von Grisbys Kutter glitt über die Haie. Der alte Seebär stand am Bug seines Schiffs und betätigte einen Kran, mit dem er seine Beute hochholte.

Mit einem Blick erkannte Grisby, dass er sich getäuscht hatte.

„Ein Sandtigerhai!“, schrie er, „ein elender Sandtigerhai!“

Der Seemann hievte den Fisch vollends an Deck und gab ihm mit dem Haken an seiner Armprothese den Rest. Der Computer im Laderaum piepte unterdessen weiter regelmäßig. Das Monster konnte nicht weit sein. Nur ein paar Meter unter dem Kiel!

Grisby lehnte sich über die Bordwand und suchte die Wasseroberfläche ab.

Die Jagd war nicht vorbei …

11. KAPITEL

Der Wal

Der zerfetzte Roboter sank in die Tiefe. Loopy versuchte noch ihn aufzuhalten, aber es war zwecklos.

Mit Grabesstimme seufzte Jonas in Zeitlupe:

„Ich faaalle … ich faaalle …“

Sein Verstand löste sich anscheinend desto weiter auf, je tiefer er sank. Sein lächerliches Flossenschlagen kam nicht gegen den Sog nach unten an. Als Jonas mit dem Kopf voran in die Vertikale kippte, sank er endgültig wie ein Stein.

Eine langgezogene Klage begleitete seinen Fall:

„Ich suuuche … meine Maaama …“

Jonas kam an einem Fischschwarm vorbei, der sogleich auseinanderstob.

„Habt ihr … meine … Maaama gesehen?“

In dreihundert Meter Tiefe brach der Roboter infolge des Wasserdrucks, der hier herrschte, auseinander. Sein Kopf fiel ab, und sein Körper löste sich in eine Wolke von Metallteilen auf. Jonas' Schnauze landete auf dem Deck eines vor Jahrhunderten gesunkenen Piratenschiffs.

Danach herrschten nur noch Finsternis und Stille.

Wie kurz das Fest doch gewesen war! Und doch bedauerte der mechanische Hai, der noch bei wachem Bewusstsein war, nichts. Weder die Erde noch das Meer hatte ihn gewollt. Und trotzdem hatte er seinen Friedhof erreicht. Den Ozean! Er stellte sich vor, wie er regungslos daliegen und im Laufe von tausend Jahren sanft dahinsterben würde. Beinahe kam ihm dieses Ende wie ein Sieg vor. Bald würde seine Leibeshülle von Korallen besiedelt und sein Schädel ein Nest für tausend Lebensformen sein.

Der Gedanke beruhigte ihn.

Aber wie schwer es doch ist, sich von der Welt zu verabschieden! Nie mehr Kindergeschrei. Nie mehr die Gewalt eines Gewitters. Nie mehr der Hauch des Windes. Jonas war an einem Ort untergegangen, den nie ein Lichtstrahl erreichen würde.

Loopy war auf dem Deck des alten Piratenschiffs gelandet, um im Angesicht seines Freundes seinen Gedanken nachzuhängen. Langsam begann die Schnauze des Roboters etwas zu murmeln.

„Tut mir leid, dass ich dich belogen habe …"

„Du hast nie gelogen", antwortete Loopy, „du warst immer Jonas."

„Ich hatte Angst, dass du mich weniger gern haben würdest, wenn du wüsstest, was ich in Wirklichkeit bin."

„Wenn du ein richtiger Hai gewesen wärst, hätten wir nie Freunde werden können."

„Mein Traum war zu leben! Aber ich bin nicht traurig, wirklich. Heute Abend kehre ich nach Hause zurück."

Loopy kuschelte sich an den Roboter.

„Und du?“, fragte Jonas, „hast du einen Traum?“

Eine uralte Vorstellung kam Loopy in den Sinn.

„Fliegen…“, sagte er. „Aber Pinguine fliegen ja nicht. Ein Vogel, der nicht fliegen kann, das ist doch idiotisch, oder?“

Jonas lächelte traurig.

„Wie gemein von der Natur, einem Wünsche einzupflanzen, die sie nicht erfüllen kann.“

„Eines Tages wirst du leben, Jonas … und ich, ich werde fliegen!“, schluchzte Loopy.

„Jetzt aber musst du gehen“, murmelte der Haifisch. „Du musst dein Zuhause wiederfinden …“

„Ich will dich nicht allein lassen“, erwiderte Loopy mit gebrochener Stimme.

„Du lässt mich nicht allein“, flüsterte Jonas mit letzter Kraft. „Hier bin ich zu Hause …“

Loopy schüttelte seinen Freund, um ihn wachzuhalten. Aber der Roboter spürte ihn nicht mehr. Er fühlte, wie er sich langsam in sich selbst zurückzog.

Jonas hatte jetzt nur noch einen Wunsch: zu sterben.

Aber wie soll man sterben, wenn man eigentlich gar nicht lebendig ist?

Auf einmal hörte er ein Herz schlagen.

Bong … bong … bong …

Die Herztöne schienen so nah … so wirklich zu sein! Jonas wähnte sich von einer riesigen liebenden Masse umgeben, so groß wie ein Planet. Der Kummer des Roboters schwand dahin, und statt dessen wuchs in ihm ein Gefühl der Freude. Jonas schien es, als glitte er wie durch ein Wunder in den Bauch seiner Mutter.

Loopy erhob die Augen.

Bong … bong … bong …

Es war das Herz eines Blauwals.

„Guten Abend!“, sagte er.

Der riesige Meeressäuger beobachtete die Szenerie mit einer Art zärtlicher Neugier. Seine großen runden Augen ruhten auf Jonas. Der Wal schien alles über ihn zu wissen. Mit der Spitze seiner Schnauze streichelte er ihn sanft, um ihn wieder zum Leben zu erwecken. Doch der Roboter rührte sich nicht. Der Wal zwinkerte Loopy zu.

„Kennst du die Geschichte von Pinocchio?"

Loopy, der von der Erscheinung des Wals völlig verblüfft war, wagte nicht zu antworten.

Nun begann der Blauwal mit leiser Stimme, so wie man ein Geheimnis verrät, zu sprechen. Er erzählte die Geschichte dieser hölzernen Gliederpuppe, die eine gewisse blaue Fee in einen richtigen kleinen Jungen verwandelt hatte.

Loopy hörte Wort für Wort zu und fragte dann:

„Aber das ist doch nur eine Geschichte?"

„Für den, der sie glauben will, ist sie wahr."

„Dann will ich sie glauben, Jonas zuliebe."

„Du musst ihn nur zu dieser Fee bringen. Vielleicht wird sie mit ihrem Zauberstab seinen größten Wunsch erfüllen …“

„Aber wo können wir sie finden?“

„Vor deiner Tür“, antwortete der Wal lächelnd.

„Am Südpol?“, rief Loopy aus.

Der majestätische Meeressäuger wandte sich zur Seite um fortzuschwimmen und murmelte:

„Gute Reise …“

Loopy schüttelte Jonas.

„Los, auf, auf! Die blaue Fee kann dich retten! Wir müssen weiter nach Süden schwimmen!“

Doch der mechanische Hai antwortete nicht.

12. KAPITEL

Jonas' Reise

Ein paar Tage später waberte dichter Nebel über dem Ozean. Alles war wie mit Watte gepolstert, und die Sichtweite betrug keine fünf Meter.

Eine Möwe, die sich von den Wellen schaukeln ließ, spürte plötzlich, wie zahlreich aufsteigende Luftblasen ihren Bauch kitzelten. Ein Strudel bewegte die Wasseroberfläche, der Vogel flog mit einem Schrei auf, und ein seltsames Wesen schoss aus dem Wasser.

Die Möwe überflog noch einmal dieses Ding, um sich zu vergewissern, dass sie nicht träumte. Noch nie hatte ein lebendes Wesen so etwas gesehen! Stellt euch vor: eine Mischung aus Weißem Hai und Piratenschiff! Die Schnauze war an dem wurmstichigen Heck befestigt, während der Mast, der ein Segel hielt, sich dort erhob, wo einmal die Rückenflosse gewesen war. Der Hai bestand jetzt aus einer zufälligen Zusammenstellung von Plastikteilen, Fässern und algenbesetzten Planken.

Ja, es war Jonas! Ein wiedererweckter Jonas, ein aus der Tiefe geretteter Jonas, ein Jonas, den der treue Loopy mit Hilfe von Teilen des alten Piratenschiffs wieder zusammengeflickt hatte! Natürlich bot dieser Roboter keinen besonders stolzen Anblick.

Und nun dümpelte dieses aus allen möglichen Fundstücken zusammengesetzte Monster hilflos auf den Wellen.

„Auf zum Südpol", triumphierte Loopy.

Beim Kontakt mit der frischen Luft erwachte langsam die Seele des mechanischen Hais.

„Wo bin ich?"

Der Pinguin strampelte vor lauter Aufregung mit den Füßen.

„Wenn du das gesehen hättest! Ein echtes Puzzle! Die Einzelteile waren so durcheinander, dass ich Wrackteile zu Hilfe nehmen musste, um dich einigermaßen wieder zusammenzubauen."

„Ich … ich fühle mich so komisch …"

„Klar, das ist alles nicht sehr ästhetisch, aber im Leben kommt es doch erst einmal darauf an, dass man schwimmt, oder?"

Statt zu antworten, begann Jonas zu grölen:

FUFFZEHN MANN AUF DES TOTEN MANNS KISTE,
HO, HO, HO UND NE BUDDEL MIT RUM …

Sein Bewusstsein hatte sich mit dem des untergegangenen Schiffs und seiner Besatzung von Freibeutern verquickt.

„Es regnet Kugeln auf uns, Smutje! Ha, diese verfluchten Franzosen!"

„Hast du völlig den Verstand verloren?", schimpfte Loopy.

Aber Jonas begann wieder zu singen:

Wir lagen vor Madagaskar
und hatten die Pest an Bord.
In den Kesseln, da faulte das Wasser,
und täglich ging einer über Bord.

Plötzlich brach der Haifisch ab.

„Aber was erzähle ich denn da???“

„Los, reiß dich zusammen!“ ermahnte ihn Loopy. „Wir müssen unsere Reise fortsetzen; am Südpol wartet die blaue Fee auf uns.“

„Die blaue Fee?“, brabbelte Jonas, der diesen Namen noch nie gehört hatte.

„Das ist eine sehr freundliche Dame, die Roboter in Haifische verwandelt.“

„Cool, ey“, plapperte Jonas benommen.

„Also, hü mein Pferdchen! Kurs Zauberfee!“, rief Loopy, und hopste vor Freude dabei auf Jonas’ Schädel herum.

Um den Hai anzuspornen, ruderte er mit dem Armknochen eines Piraten, den er in dem Wrack gefunden hatte. Doch an allen Ecken und Enden drang Wasser in das elende Fahrzeug. Mit seiner Schnauze, die zur Hälfte im Wasser hing, biss Jonas in die Wellen, als könne er sich an ihnen festhalten. Beim ersten Windstoß blähten sich die Segel und ließen den Hai sich um seine eigene Achse drehen.

„Wir werden niemals ankommen“, jammerte Jonas. „Geh und lass mich untergehen!“

„Nie im Leben!“, entgegnete Loopy genervt und rührte mit seinem Knochen im Ozean herum.

Ein Schwarm verwirrter Möwen streifte ihre Köpfe. Loopy blickte auf und sah im Nebel das aufragende Heck eines Tankers. Dieser Gigant der Meere war dabei zu sinken. Aus den aufgerissenen Tanks sprudelte das Erdöl. Von weitem hörte man die Schreie der Besatzung.

„Ölpest!“, rief Loopy und schlug Jonas mit dem Knochen auf den Kopf, um ihn dazu zu bringen, endlich Fahrt aufzunehmen.

Eine Welle schwarzen Öls erreichte das Floß. Der klebrige Sirup fraß sich in Jonas’ Maul und verteilte sich in seinem Bauch. Loopy hielt sich an dem Mast fest, der im Rücken des Haifischs steckte. Er wusste, dass die erste Berührung mit dem Öl das Todesurteil für ihn bedeuten würde.

Plötzlich ein Funke.

PENG!

Die Detonation ließ eine Rauchsäule aus Jonas’ Maul aufsteigen.

Welche Ironie: Das für die Meerestiere tödliche Öl gab dem mechanischen Hai seine Kräfte zurück. Seine Motoren heulten auf wie ein erschrockenes wildes Tier.

Eine weitere kräftige Explosion bewirkte, dass Jonas wie ein Wirbelwind nach vorn schoss, und nach einer dritten Explosion beschleunigte er noch einmal und durchbohrte die Wogenkämme mit der Kraft einer Kanonenkugel. Der Fahrt-

wind wurde so heftig, dass die Segel umknickten und jetzt an riesige Flügel erinnerten.

Bei der vierten Explosion begann Jonas zu fliegen.

Hundert Meter über dem Ozean, als sie die Wolkendecke durchstießen, schrien Jonas und Loopy laut auf vor Angst und Begeisterung.

Unter einem jetzt völlig blauen Himmel stellte Loopy sich mit zusammengekniffenen Augen auf die Füße und sog die Luft ein, als ob er den Duft eines Straußes von Sternen einatmete.

„ICH FLIEGE!“

Grisbys Computer piepste so laut Alarm, dass der Seemann aus der Hängematte fiel, in die mehrere Liter Bier ihn gezwungen hatten. Ungläubig starrte er auf den Bildschirm. Seit drei Tagen hatte das Monster sich nicht vom Fleck gerührt. Und da ein bewegungsunfähiger Hai bekanntlich ein toter Hai ist, war Grisby drauf und dran gewesen, zum Hafen zurückzukehren. Aber Wahnsinn! Das Signal bewegte sich mit der Geschwindigkeit einer Rakete nach Süden. Ohne den Versuch zu machen, sich dieses Wunder zu erklären, warf der Jäger eiligst die Motoren an.

~~~
~~~

Als es Nacht wurde, kam der Südpol in Sicht. Von oben sah das Packeis aus wie eine Haube aus Schlagsahne. Das Leuchten des Polarlichts tauchte das Ufer in ein zartes Rosa und Grün.

Jonas setzte zum Landeanflug an. Er hatte so viel Schwung, dass er lange auf dem Packeis dahin glitt, bevor er endlich vor der Schelfeiskante in einer Wolke von aufgewirbeltem Eis zum Halten kam. Als die Wolke sich verzogen hatte, war der Hai wieder in mehrere Teile auseinandergebrochen.

Als Loopy die Augen öffnete, erkannte er das Land seiner Kindheit. Vor sich aber erblickte er die Umrisse eines Geisterwesens.

Die blaue Fee schien schon lange auf die beiden Reisenden gewartet zu haben.

13. KAPITEL

Neu geboren

Mit bloßen Füßen, ohne Spuren im Schnee zu hinterlassen, näherte sie sich. Oben auf der Schelfeiskante sah man überall Pinguine, die die seltsame Szene beobachteten.

Der blauen Fee brach schier das Herz, als sie sah, in welchem Zustand Jonas sich befand. Sie hielt vor seinen Trümmern und sprach: „Du hast soviel Freude verbreitet, und du verdienst, dass ich dir deinen sehnlichsten Wunsch erfülle."

Als sie mit der Hand seine Schnauze berührte, begann das Wrack zu zittern. Im Inneren des Roboters wuchs sichtlich etwas Lebendiges. Unter dem Druck dieses lebenden Körpers bekam die Hülle aus Plastik und Holz Risse wie eine Eierschale, bevor sie knackend aufbrach.

Ein *Carcharodon carcharias* erschien auf dem Packeis. In seiner bläulichen Haut spiegelten sich uralte Sterne. Sein Blick war feucht, und seine Zähne glänzten wie Perlmutt. Seine rosa gesäumten Kiemen pulsierten.

Loopy betrachtete den Haifisch, ohne in ihm seinen Freund wiederzuerkennen: „Jonas … bist du das?"

Der große Fisch, der auf dem Trockenen lag, drohte zu ersticken. Er öffnete sein Maul, als bitte er stumm um Hilfe. Als Loopy sich näherte, schloss er abrupt seine Kiefer, so wie man eine Heckenschere schließt.

„Jonas? Keine Angst: Ich will dich nur ins Wasser zurückbringen …“

Erschöpft murmelte der riesige Weiße Hai:

„Ich … ich bin nicht Jonas …“

Der Pinguin wandte sich mit Tränen in den Augen zu der blauen Fee um.

„Was haben Sie mit ihm gemacht?“

Die Zauberin lächelte gleichmütig.

Auf einmal ertönte ein lauter Knall. Captain Grisbys Harpune hatte den Hai mitten in den Rücken getroffen, und eine Blutfontäne ergoss sich über das Eis. Aus dem Nebel tauchte der Kutter auf und stieß so heftig gegen die Kante, dass das Eis in alle Richtungen stob. Die für Menschen nicht erkennbare blaue Fee begann, geheimnisvolle Zaubersprüche zu flüstern.

Der alte Seemann sprang auf das Packeis, einen Siegesschrei auf den Lippen. Durch die Blutlache, die sich auf dem Eis ausbreitete, ging er auf den Hai zu. Der Jäger und seine Beute sahen einander in die Augen. Grisby trat noch näher, die scharfe Spitze des Hakens an seinem Arm gegen den Bauch des Weißen Hais gerichtet. Doch als er zuschlug, kam der Kopf eines Baby-Hais aus dem Inneren seiner Mutter zum Vorschein und schnappte nach seinem Handgelenk. Mit einem Schreckensschrei taumelte Grisby zurück. Der junge Hai wand sich aus dem Mutterleib heraus und ließ sich auf den Boden fallen.

Loopy erkannte ihn sofort.

„JONAS!"

Der Neugeborene war bereits fast zwei Meter lang. Seine mit scharfen Zähnen bewehrten Kiefer schnappten gierig ins Leere. Grisby, der noch im Schockzustand war, sah, wie sich ihm der Hai mit Schlangenbewegungen näherte. Der Mensch stieß ihn mit dem Fuß zurück. Doch der Geruch nach ranzigem Fisch und ausgestopftem Affen, den er verströmte, verstärkte den Appetit des gierigen kleinen Hais. Mit einer kräftigen Bewegung packte der das Holzbein. Grisby schrie. Der Hai hob mit Schwung den Kopf, und die Prothese flog in die Luft. So sehr der Mensch auch jammern, drohen, betteln mochte – der Raubfisch griff erneut an. Mit einem Biss packte er jetzt den künstlichen Arm, der sich mit einem trockenen Geräusch von der Schulter löste. Der Kadaver des Affen Kikette fiel in den Schnee. Seine Miene war so spöttisch, dass man meinte, ihn kichern zu hören.

Die dritte Attacke war schmerzhafter. Die Kiefer des Hais schlossen sich um das Bein des Seemanns und zermalmten seine Knochen wie einen Zwieback. Das Eis gab nach, und Mensch wie Haifisch stürzten ins Wasser. Grisby tauchte wieder auf, das Gesicht blau vor Angst und vor Kälte. Mit einer Hand stützte er sich auf die Eiskante bei dem Versuch, sich aufs Trockene zu ziehen. Doch der Fisch packte ihn an der Hüfte und nahm in mit sich in die Tiefe, wo er ihn auf einmal verschlang.

14. KAPITEL

Das Ende der Geschichte

Als wieder Stille herrschte, hatte sich die Silhouette der blauen Fee in der Nacht aufgelöst. Der Ozean, der wieder glatt dalag, spiegelte den Mond in einem vollkommenen Oval.

Jonas' Mutter rang mit dem Tode. Die immer schwächer und langsamer werdenden Schläge ihres Herzens hallten in der Stille wider. Loopy gelang es, die Harpune aus ihrem Rücken zu ziehen. Doch seine Kraft reichte nicht aus, sie zum Wasser zu schieben. Als er schon völlig erschöpft aufgeben wollte, spürte er einen warmen Hauch um sich herum. Als er sich umwandte, erblickte er eine ganze Kolonie von Goldschopfpinguinen – seine Verwandten, die ihm zu Hilfe geeilt waren.

Gemeinsam schafften sie es, den Hai zum Wasser zu bugsieren, der sich dann in das ruhige Meer gleiten ließ. Beim Kontakt mit dem Wasser hörte die Wunde auf zu bluten. Der kleine Hai stieg zur Oberfläche auf und kuschelte sich an seine Mutter. Der Ozean war so kristallklar, dass man beinahe sehen konnte, wie sie durch die Nacht schwammen.

Loopy fragte sich, ob Jonas ihn wohl wiedererkennen würde. Aber hieß er immer noch Jonas? Erinnerte er sich noch an ihre Abenteuer? Bedeutete seine Verwandlung das Ende ihrer Freundschaft? Das musste der Pinguin wissen! Er musste wissen, wie diese Geschichte ausgehen würde, und zwar um jeden Preis, auch auf die Gefahr hin, gefressen zu werden.

Also sprang er ins Wasser.

Die Druckwelle seines Aufpralls setzte sich bis ins Gehirn des jungen Haifischs fort. Auch aus der Entfernung waren seine Sinnesorgane in der Lage, den Herzschlag seiner Beute, seine Position, seinen Geruch und selbst seine Gefühle zu erkennen.

Er machte kehrt.

Und während er schwamm, spürte der Haifisch die widerstreitenden Gefühle im Herzen des Vogels. Er schwamm erst einen Kreis um ihn herum, bevor er sich dem Pinguin näherte, um ihn mit der Spitze seiner Schnauze zu streicheln.

„Ich bin lebendig, und ich bleibe dein Freund", ertönte Jonas' Stimme.

Loopy lächelte ihm unter Tränen zu und streichelte ihn seinerseits mit seinen Flügelspitzen. Mit einer Kopfbewegung hob der Haifisch jetzt den Pinguin hoch und ließ ihn durch die Luft wirbeln. Der platzte fast vor Lachen, während er unter dem Sternenhimmel Kobolz schlug.

Sie spielten noch eine Weile miteinander, um den Abschied hinauszuzögern, dann verschwand der Hai hinter dem Horizont, um zu seiner Mutter zu gelangen.

Als er schneller schwamm, drückte die Strömung gegen das Innere seines Mauls. Sein noch unfertiger Organismus spürte bis dahin unbekannte Sinneseindrücke, die fremd und unangenehm waren. Jonas war kalt, Jonas hatte Hunger, Jonas hatte Angst.

Noch nie war Jonas so glücklich gewesen.

~ Ende ~

Von Bertrand Santini erschien bei Jacoby & Stuart bereits das preisgekrönte *Buch Der Yark*.

Die französische Erstausgabe ist 2014 zuerst unter dem Titel *Jonas. Le requin mécanique* bei Grasset-Jeunesse, Paris erschienen.

Gedruckt auf Munken Pure aus nachhaltiger Forstwirtschaft
Druck und Bindung: Livonia Print
Printed in Latvia
ISBN 978-3-942787-58-1

www.jacobystuart.de
Unsere Trailer auf www.youtube.com/jacobystuart